Mutters Puppenspiel

Ulla Coulin-Riegger

Geboren 1950 in Stuttgart. Studium der Psychologie an der Eberhard-Karls-Universität Tübingen. Nach dem Diplom Ausbildung zur Psychologischen Psychotherapeutin, seit 1996 niedergelassen in eigener Praxis als Verhaltenstherapeutin und systemische Familientherapeutin bei Esslingen.

„Schreiben bedeutet für mich einige Schritte von mir selbst und anderen zurückzutreten, um aus dieser Distanz heraus einen freieren Blick auf menschliche Verstrickungen und Abhängigkeiten zu wagen. Schreibend versuche ich zu verstehen, anzunehmen und dabei vielleicht das goldene Tor zur Selbstliebe und Selbstachtung für mich und meine Leser aufzustoßen." Ulla Coulin-Riegger

Ulla Coulin-Riegger

Mutters Puppenspiel

Roman

k,n

Für meine Kinder

meinwärts

Nachdem mein Vater, ein erfolgreicher Unternehmer, verstorben war, verließ meine Mutter unser großes Elternhaus (genannt „die Villa“) und zog in eine nach ihren Worten „luxuriöse Eigentumswohnung“. Jeden Sonntag, bis auf wenige Ausnahmen, besuche ich sie zur Kaffeestunde. Wir wohnen keine drei Straßen voneinander entfernt. Heute möchte sie draußen auf ihrer Terrasse sitzen und wie immer ist ihr Kaffeetisch karg gedeckt, womit ich sagen will, dass kein Sträußchen, keine Kerze oder ein paar nette Servietten den Tisch zieren: es fehlte ihr schon immer die Freude am Gast.

Durch aufgesetzt fröhliches Verhalten versuche ich auch heute, unserer Zweisamkeit etwas Gemütliches abzuringen. Es hilft, dass die gelbe Jalousie ausgefahren ist, sie taucht die Szenerie in ein duldsames Licht. Unsere Gespräche verlaufen von je her schleppend, als müsste jedes Wort zwischen Mutter und Tochter daraufhin geprüft werden, ob es nicht ein Untertönchen zu sehr davon abweicht, was die Mutter als „zu persönlich“ werten könnte, sprich jedwede Gefühlszustände oder Erinnerungen an frühere Zeiten.

Zudem stand ihre Erwartung an unsere Beziehung niemals zur Diskussion: sie möchte von ihrem einzigen Kind nicht nur geehrt, sondern verehrt werden. Dies mischte sie ihrer Muttermilch bei, ich konnte gar nicht anders, als zu ihrer braven und zuvorkommenden Tochter heranzuwachsen.

Neben ihr blieb ich klein.

„Der Herbst geht zu Ende“, sagt meine Mutter und ich stimme ihr zu. Dann essen wir unseren Kuchen.

Es kommt vor, wenn auch sehr selten, dass ich einen unausweichlichen Termin am Sonntag nachmittag habe und also nicht bei meiner Mutter vorbeischauen kann; dann ist sie den ganzen Montag über sehr kurz angebunden, und „merkt sich das gut".

Bevor ich mich sonntags auf den Weg zu ihr begebe, achte ich darauf, wie ich nach außen wirke: ich kämme meine Haare etwas nachlässiger als sonst, lege kein oder sehr dezentes Make up auf, eine einfache Hose und einen älteren Pullover, nichts Edles. Denn ich möchte höchstens ausreichend gut aussehen. Ich könnte nämlich auch anders. Vor allem prüfe ich akribisch, kein Kleidungsstück zu tragen, das meine Mutter noch nicht kennt, und ausschließlich solchen Schmuck anzulegen, den ich durch die weitgeöffnete Hand meiner Mutter empfangen hatte – als „Vorauserbe", wie sie dabei immer gerne betonte: Schmuck also, der meinen Hals schnürt, meine Ohrläppchen durchsticht und meine Finger drosselt. Auf keinen Fall hohe Schuhe.

Idealerweise streife ich mir den sehr teuren Ring über, den meine großzügige Mutter vor zehn Jahren aus einem losen Brillanten aus ihrem Besitz hat anfertigen lassen. Ein Geschenk zu meinem neundundzwanzigsten Geburtstag. Damals ließ ich mich gerade als frisch gebackene HNO-Ärztin nieder. Zunächst in einer Praxisgemeinschaft mit dem Senior-Arzt, der zusicherte, mir bei seinem Eintritt in die Rente seinen Arztsitz zu verkaufen. Nach vier Jahren harmonischer Zusammenarbeit war es soweit. Er wollte eine ansehnliche Summe. Ich äußerte mein Bedauern darüber in Gegenwart meines Vaters. Bei meinem nächsten Besuch im Haus meiner Eltern, schob er mir ein

Bündel Geldscheine über den Tisch. „Hier mein Anteil an deiner beruflichen Zukunft“ hatte er mit einem Lächeln gesagt, welches Ironie und unverhohlene Selbstliebe spiegelte. Ich sah auf das Geld und wusste, dass meine Praxisübernahme nun zu seinem Werk geworden war. Ohne ihn war ich nichts. Unter Tränen der Rührung stammelte ich mein Dankeschön. Auf dem Tisch lag der volle Kaufpreis für meine zukünftige Praxis.

„Bist du nicht ein Glückskind?“ stichelte meine Mutter. Drei Monate später starb mein Vater an plötzlichem Herzversagen.

Als ich von seinem Tod erfuhr, erschreckte mich der Gedanke, dass ich nun ohne doppelten Boden auf dem Seil werde balancieren müssen, das meine Mutter zwischen mir und sich gespannt hatte. Wenn Mutter fragt: Wann habe ich dir denn diesen teuren Ring geschenkt?“, muss ich antworten „Zu meinem neunundzwanzigsten Geburtstag!“ Dabei drehe ich meinen Ringfinger hin und her, um den Stein prächtig zum Funkeln zu bringen, damit meine Mutter dorthin schauen möge und nicht in meine Augen, in denen die Scham über unzählige demütigende Abhängigkeiten aufglimmt.

Auch während meines heutigen Besuches kommt es ab und an zu unangenehmen Gesprächspausen: Mutter scheint nicht zufrieden, noch stimmt die Verteilung der Kräfte nicht an diesem Nachmittag, es verunsichern sie einige aufrührerische Freiheitsgrade in den Worten ihrer Tochter; also muss ich mich noch kleiner machen, um ihr das Gefühl zu geben, dass sie mir auf allen, aber wirklich auf allen Gebieten das Wasser reichen kann. Denn hätten ihre Eltern das Geld dafür gehabt, ihr eine so lange Ausbildung, wie ich sie hatte, zu finanzieren, wäre sie wohl auch Ärztin geworden.

Aber soviel Glück wie ich haben eben nicht viele.

„Es ist doch schon sehr kühl hier draußen," meint Mutter, zieht sich ihre Jacke über die Brust und verschränkt die Arme darüber wie einen Schutzwall. Dann trifft mich ihr abschätziger Blick:

„Hast du jetzt einen anderen Friseur?"

Ich war schon auf diese Frage gefasst, denn tatsächlich hatte ich mir vor wenigen Tagen einen neuen Schnitt machen lassen. Einen, von dem ich glaubte, dass er mich etwas jünger und flotter aussehen lassen würde, zumal ich seit genau vier Monaten unsterblich verliebt bin. In Emil. Aber darüber habe ich mit meiner Mutter noch nicht gesprochen.

„Ja, es ist jetzt ein bisschen kürzer", antworte ich sehr beiläufig. Doch nun fragt Mutter nach der Adresse dieses Friseurs, denn nun möchte sie auch einmal dort hingehen. Genauso ergeht es mir mit neuen Pullovern und neuen Schuhen: alles, was ich habe, will Frau Dornbusch auch.

Zwischen uns liegen nur knappe zwanzig Jahre. Als ich fünfzehn war, wurde meine Mutter des öfteren flirtend von Männern gefragt, ob wir beide denn Schwestern seien, was meiner Mutter großes Vergnügen bereitete, mich selbst jedoch auf stille Weise beschämte und verunsicherte. Schaute Mutter zu jener Zeit in den Spiegel, so hörte ich sie manchmal sagen: „Frau Dornbusch ist heute wieder wunderschön!"

Ich selbst war damals ziemlich pummelig, an völlig unberechenbaren Stellen schlugen leuchtendrote Feuerbälle in meine Gesichtshaut ein, wobei die größten unter ihnen nach ihrem zögerlichen Erlöschen in tiefen Kratern jahrelange Selbstzweifel und hartnäckige Selbstabwertung hinterließen.

Zu meinem einundzwanzigsten Geburtstag wünschte ich mir eine Laserbehandlung dieser „Sternwunden", zu der mich Mutter begleitete, beziehungsweise mich anlieferte wie einen beschädigten Spiegel, in dem sie sich nicht mehr vorteilhaft abgebildet sah.

Zu Frauen im Allgemeinen vertrat meine Mutter eine sehr klare Meinung: Sie teilten sich auf in Mütter und in falsche Schlangen, letztere auch gerne „Flittchen" oder „Weiber" genannt. Mütter konnten unter günstigen Umständen auch gleichzeitig Damen sein. Wie die Callas oder die Kennedy oder eben wie sie selbst. Eine Dame hatte immer einen wohlhabenden, einflussreichen Mann an ihrer Seite und stets ein tragisches Schicksal zu erdulden: sie musste – obgleich von ihrem Mann dank zahlreicher Flittchen auf das Widerlichste hintergangen oder gar verstoßen – nach außen hin stets gefasst und würdevoll erscheinen. Damen lebten in der Vorstellung von Frau Dornbusch im Land des Lächelns.

Unter die Kategorie „Mütter" fielen zum Beispiel die Friseuse meiner Mutter, der sie nach jedem Besuch einen Zwanziger extra zusteckte, da die arme Frau einen noch ärmeren Mann geheiratet hatte und sie nun hart für ihr tägliches Brot arbeiten musste; darunter fiel desgleichen ihre langjährige und treu zu Diensten stehende Kosmetikerin, die als sitzengelassene Frau eine Tochter zu versorgen hatte, weil sich „das Schwein von einem Mann mit einer Jüngeren eingelassen hatte." Und schließlich die Bankangestellte, von Mutter liebevoll „meine Bänkerin" genannt, mit der sie alle finanziellen Fragen seit dem Tod von Vater bespricht. Diese Bankangestellte schenkt ihrer lieben Frau Dornbusch aus Dankbarkeit für soviel entgegengebrachtes – ja freundschaftliches – Vertrauen zu jedem Geburtstag einen ausladenden Strauß dunkelroter Rosen, wofür sie für einen Wimpernschlag lang in den Stand einer Dame gelangt. Die Bänkerin selbst hat zwar keine Kinder, nicht einmal einen Ehemann, doch die über viele Jahre nicht ermattende Sorge um das Wohl ihrer („besten") Kundin, verlieh ihr in den Augen von Frau Dornbusch etwas eindeutig Mütterliches.

Alle anderen Frauen, ob bekannt oder unbekannt, sind in Mutters Augen „Schlangen". Sie wird nicht müde, jene mit ihrem abgrundtiefen Mißtrauen zu verfolgen, die durch ihr jugendliches Aussehen oder ihre unverhohlene Lebensfreude etwas sehr tief in ihr Schlummerndes und unerklärlich Bedrohliches berühren.

Ich möchte an dieser Stelle nochmals darauf hinweisen, dass mein Vater ein sehr wohlhabender und einflussreicher Mann war; selbst im Tode war er nach den Worten meiner tränenlosen Mutter „eine ganz große Leiche", denn die Aussegnungshalle war zu klein für die vielen Menschen, die ihm die letzte Ehre erweisen wollten.

Am Abend zuvor ging ich hinauf zum Friedhof und betrat wachsam und auf Zehenspitzen den Raum, wo Vater aufgebahrt war: Man kann ja nie wissen …

Ich ging alleine, obwohl meine Mutter mich unbedingt begleiten wollte, aber für mich kam nur alleine in Frage.

Gekleidet in ein weißes, seidenes Nachthemd, zugedeckt bis über den Bauch mit einer dünnen, fließenden Spitzendecke, lag Vater in seinem Kirschbaumsarg, welcher im Schulterbereich breiter als zum Kopf-und Fußende hin war. Sein Haupt ruhte tief in einem an den Rändern verzierten Seidenkissen, seine Hände lagen auf seiner knöchernen Brust, die Finger etwas verdreht zum Gebet gefaltet, als hätte er sich bis zum Schluss gegen diese Geste gewehrt. In seinem starren Gesicht konnte auch die Schminke die eingegrabenen Züge von Verachtung und Abscheu nicht übertünchen, denn niemals hätte er sich mir oder einem anderen lebenden Wesen im Nachthemd gezeigt.

Dieser letzte Anblick meines Vaters war das Werk von Frau Dornbusch, seiner Frau. Ich entschuldigte mich bei ihm für diese Schmach, aber ich hätte ihn nicht berühren sollen: er war hart wie ein Brett und eiskalt von der Kühlung. Ein letzter Kuss war mir dadurch unmöglich geworden und auch dafür bat ich um Verzeihung.

Erst auf dem Heimweg über die Felder ließ ich die Tränen los.

Die Ansprachen an seinem reich geschmückten Sarge zogen sich über zwei Stunden, jeder wollte ihm im Nachhinein am nahesten gestanden haben, sogar der Koch der Firmenkantine hielt sich posthum für einen seiner besten Freunde. Und ja: hätte Vater sich je mit einem anderen Menschen freundschaftlich verbunden gefühlt, so wäre dieser unter seinen Angestellten zu finden gewesen. Verbundenheit mit einem, wie mein Vater zu betonen pflegte,

„der für ihn durchs Feuer" gehen würde. Loyal und aufopferungsvoll bis weit über das Rentenalter hinaus.

Mutter war heftig eifersüchtig auf diese Leute, während ich dann und wann dachte, dass es als seine Tochter schwieriger war, sein Vertrauen zu gewinnen, auch wenn ich oft für ihn brannte: Zum Beispiel hatte ich mich anlässlich einer Betriebsfeier trotz meines pubertierenden und also ungünstigen Aussehens vorne ans Rednerpult gestellt und eine vor Stolz triefende Lobrede auf meinen Vater gehalten, vor mindestens hundertfünfzig Angestellten und Gästen! Sogar den lieben Gott hatte ich mit eingewoben, der liebe Gott als Freund meines erfolgreichen Vaters. Doch da Herr Dornbusch solcherlei Anbetungen in meinem Falle als naturgegeben hinnahm, waren sie verständlicherweise für ihn als Beweis seiner Großartigkeit nutzlos.

Vaters Frauenbild war ebenfalls sehr eingängig: es gab Heilige – worunter vor allem Mütter zu zählen waren – und Dirnen. Während Mutter von der blutjungen zur reifen und dann zur älteren Heiligen an seiner Seite heranreifte, wurden die anderen Frauen, mit denen Herr Dornbusch sich gerne umgab, immer jünger. Mich schmerzte oft, wie Mutters Wangen sich im hoffnungslosen Kampf gegen die „Flittchen" vor Wut röteten.

Was mich betraf, einziges Kind und weiblich, so war ich meinem Vater immer fremd geblieben. Später, als selbständige, ledige und kinderlose Ärztin, wusste er schlichtweg nicht, in welche Kategorie er mich einteilen sollte. Das spürte ich an seinen flüchtigen Blicken bei Tisch, die sich anfühlten, als hätte er sekundenschnell in mich hineingegriffen und alles ausgeräumt, was ich dort als Vorstellung meiner selbst hütete.

Mutter und ich haben unseren Kuchen gegessen und unsere Tasse Kaffee getrunken. Ich beginne, den Tisch abzuräumen. Meine Mutter bleibt sitzen, ihr ist, wie häufig, im Kopf nicht ganz wohl, sie will das noch mal beim Neurologen untersuchen lassen, nicht, dass da ein Tumor wächst.

Das wertvolle Porzellan darf nicht in die Spülmaschine; aber auch das weniger wertvolle spült sie von Hand, sie benutzt also ihre Spülmaschine praktisch nicht. Das Abspülen und Abtrocknen der Tassen und Teller verschafft mir eine Verschnaufpause.

Mutter ruft, ich solle das Porzellan zurück in die Vitrine stellen, als machte ich das nicht schon Jahre so. Nachdem alles ordentlich an seinen Platz zurückgefunden hat, bittet meine Mutter mich, den von ihr am Vorabend kühl gestellten Sekt aus dem Kühlschrank zu holen, zwei ihrer teuren Sektschalen aus besagter Vitrine zu entnehmen, sie auf den Tisch zu stellen, den Korken aus der Flasche zu drehen (Vorsicht, die Lampe!), und dann sorgsam einzuschenken (Vorsicht, dass nichts auf die Tischdecke tropft!).

Danach stoßen wir an und Mutter sagt: „Ich bin so froh, dass ich dich habe, versprich mir, dass du immer da sein wirst, wenn ich dich brauche." Das ist ihr Trinkspruch. Und ich blicke auf den Ring an meinem Finger, nicht in ihre Augen, und sage schnell „Ja, das weißt du doch."

Heute trinke ich ganz gegen meine Gewohnheit nur ein oder zwei Schlückchen, meine Mutter nippt nur an ihrem

Glas, sie verträgt keinen Alkohol. Sie beäugt mich wachsam, während ich den edlen, versilberten Verschluss fest über die Flasche stülpe und sie in den Kühlschank zurückstelle.

Mein Handy klingelt. Herzklopfen. Ich gehe zu meiner Tasche, hole es heraus und lese „Emil ruft an".

Rasch gehe ich auf die Toilette und nehme dort ab:

„Ich bin bei meiner Mutter, kann jetzt nicht reden. Wann kann ich dich heute zurückrufen?"

Heute gar nicht, meint er. Das enttäuscht mich sehr, denn seit vier Monaten sehne ich mich danach, mit Emil zu reden und in seiner Nähe zu sein. Ein rascher, prüfender Blick läßt noch immer keinen Tropfen Blut sehen, obgleich meine Periode schon seit zwei Wochen über der Zeit ist. Bin ich schwanger, ist das möglich? Ich lasse diesen Gedanken nur ganz kurz zu.

Ich bin achtunddreißig Jahre alt.

Damals, mit siebenundzwanzig Jahren, gegen Ende meines Studiums, als ich hoffte, dass es mit Paul zu einem gemeinsamen Leben kommen – sprich, wir eine Familie gründen würden – , vertröstete er mich von Jahr zu Jahr: noch nicht, erst das und dann das, und deine Praxispläne und meine Karriere. Bis ich ihm schließlich nicht mehr glaubte und mich nur noch benutzt fühlte.

Meiner Meinung nach gibt es nicht die „richtige Zeit" für ein Kind. Aber es gibt einen unbändigen Wunsch danach. Es war Mutter, die damals den letzten Ausschlag dafür gegeben hatte, dass ich Paul von heute auf morgen vor die Türe setzte. „Das ist doch kein Mann! Ein Mann möchte Kinder, sofern er die Frau liebt." Vielleicht hatte meine Mutter recht, vielleicht liebte er mich einfach nicht genug?

Verletzt hatte mich damals jedoch vor allem ihre Frage zwischen den Zeilen: Wie kann es sein, dass du einen Mann nicht dazu bringst, dass er Kinder von dir möchte? Mutters offene Abneigung gegenüber Paul wurde noch von einem weiteren Grund genährt: er hatte sich niemals um ihre Anerkennung bemüht, es war ihm einfach gleichgültig, was sie von ihm hielt und vor allem – er war nicht zum Schmeicheln geboren und auch Zärtlichkeit war nicht seine Sache.

Ich war einunddreißig Jahre alt geworden, bis ich endlich verstanden hatte, dass er nicht der Richtige war, woraufhin ich mich mit ganzer Kraft meinem Beruf hingab.

Nach einem Jahr des Alleinseins besuchte ich mit meiner Freundin Angelika eine Vernissage und begann von heute auf morgen eine leidenschaftliche Beziehung mit Henri, dem ausstellenden Künstler, von dem ich an jenem Abend ein Gemälde gekauft hatte. Henri war drei Jahre jünger als ich und mir im analytischen Denken etwas unterlegen, aber im Bett machte er das wieder gut und so schliefen wir bei jeder sich bietenden Gelegenheit miteinander, einmal sogar im Beichtstuhl einer Kirche.

Nachdem wir ungefähr ein halbes Jahr ein Liebespaar gewesen waren, hatte ich eines Tages keine Maßnahmen mehr zur Verhütung getroffen, ohne es Henri zu sagen. Dabei war es keineswegs so, dass ich mir diesen Mann als begeisterten Vater hätte vorstellen können, dafür liebte und brauchte er seine Freiheit viel zu sehr. So wie unsere Beziehung war, so gefiel sie ihm.

Meine Mutter indessen mochte auch Henri nicht, sie hielt ihn schlichtweg für einen Lebemann, der sich von ihrer Tochter aushalten ließ. Aber meine Mutter war zwanzig Jahre alt, als ich geboren wurde, und hat folglich keine Ahnung davon, wie es sich anfühlt, wenn eine Frau ihre biologische Uhr in den ruhigeren Stunden ticken hört.

Sie war neunzehn damals und mein Vater fünfundvierzig; er war bei ihrem Kennenlernen noch verheiratet, seine damalige Ehefrau konnte zu ihrem und meines Vaters Leidwesen keine Kinder bekommen und er konnte sie seinerseits in ihrer Rolle als Ehefrau weder in den Heiligenstand erheben, noch eignete sie sich nach zehn Jahren des Zusammenseins für das Gegenteil. Und eben deshalb habe Vater, nachdem er ein paar Wochen mit Mutter intim gewesen war, sich „riesig gefreut", als sie ihm gestand, dass sie schwanger sei, obwohl die beiden sich damals gegen massive Vorurteile und offene Häme wegen ihres Altersunterschieds zur Wehr setzen mussten.

Vaters beklagenswerte, betrogene erste Ehefrau indessen war sich sicher, dass lediglich ihre Kinderlosigkeit, ihr vermaledeiter unfruchtbarer Leib, dazu geführt hatte, dass ihr Ehemann eine Affäre mit meiner „blutjungen" Mutter begonnen hatte und sie dann von heute auf morgen für dieses schwangere Flittchen verlassen worden war: Nicht etwa aus Mangel an Liebe ließ er sie zurück, sondern aus verständlicher Sorge heraus, keinen Nachfolger für seine Firma gezeugt zu haben. Auf diese Erklärung bestand die arme Frau Zeit ihres Lebens und stellte sich damit in eine Reihe mit Soraya von Persien.

Ich vermute, meine ständige Sorge, keine Kinder bekommen zu können, entspringt aus diesem Schicksal, welches bedeutet, als Unfruchtbare verlassen und verstoßen zu werden. Seit meinem dreiundzwanzigsten Lebensjahr begleitet mich dieser Schreckensgedanke und ist womöglich auch der Grund dafür, dass ich mich während des Geschlechtsverkehrs nur schwer entspannen kann. Wer keine Kinder gebären kann, so lautet mein bedrohliches Fazit, ist keine richtige Frau und für einen richtigen Mann unbrauchbar.

Auf der anderen Seite rede ich mir ein, dass wenn eine Frau ein Kind von einem Mann möchte, er jedoch keines von ihr, dies zweifellos ein Mangel an Liebe von seiner Seite aus verrät. Genau deshalb glaubte meine Mutter damals und schwört bis heute, dass mein Vater sie liebte, weil der mich wollte. Eigentlich lieber einen Sohn, aber auf jeden Fall einen Nachkommen.

Wenn ich jedoch bedenke, wie oft meine Mutter später über meinen Vater geklagt hatte, so bezweifle ich, dass sie diese Liebe wirklich gefühlt hat und nicht nur erdacht als Begründung für ihre eigene Geschichte.

Und so wurde die Vorstellung eines Lebens ohne Kinder für mich zum größten Schrecken, sprich die Möglichkeit, mit einer unfruchtbaren, unnützen Gebärmutter ausgestattet zu sein.

Zumal – ich muss acht Jahre alt gewesen sein – sich die Frau eines Freundes meiner Eltern mit Schlaftabletten das Leben nahm, weil sie unfreiwillig kinderlos geblieben war und ihr Mann sich immer ungenierter anderen Frauen zugewandt hatte. Mutter munkelte damals, der untreue Kerl habe die Bedauernswerte in schmerzverkrümmter Haltung tot im Ehebett gefunden.

Auch dieses Drama nährte fortan meine Überzeugung, dass einer Ehe ohne Kinder Berechtigung und Sinn fehlt, und dass Kinder der einzige Grund sind, weshalb zwei Menschen bis zum Lebensende beieinander bleiben können.

Belastet von derlei düsteren Annahmen, hätte ich zu meiner Beruhigung spätestens ab meinem dreiundzwanzigsten Lebensjahr die Garantie gebraucht, schwanger werden zu können.

Bis ich sechsundzwanzig Jahre alt war, hatte ich zwar zwei oder drei Liebschaften, aber zu jener Zeit war ich verhütungsmäßig – sagen wir – unaufmerksam vorsichtig, denn auch jene Männer kamen für mich als potentieller Vater nicht wirklich in Betracht.

Bei Henri jedoch, wie gesagt, wollte ich es dann angesichts meines vorgerückten Alters endlich wissen: Nicht, ob er mich wirklich liebt, sondern ob ich fruchtbar bin. Aber es hatte nicht geklappt, obwohl ich alles Mögliche versucht hatte. So bewegte ich mich nach dem Geschlechtsverkehr nur noch ganz vorsichtig, manchmal legte ich danach meine Beine hoch, um den Spermien den Weg zu meiner Eizelle zu erleichtern.

Natürlich könnte es auch an ihm gelegen haben, es gibt ja auch unfruchtbare Männer, nicht wahr? Doch wie hätte ich das prüfen können?

Wir blieben fast vier Jahre ein Paar, ein Bett-Paar, denn

tagsüber war ich mit dem Aufbau meiner Praxis voll beschäftigt, hatte nicht wirklich Zeit für einen Mann in meinem Leben. Aber alle vier Wochen, wenn ich des ersten Tropfens meiner einsetzenden Mensis gewahr wurde, brach meine Welt zusammen.

Eines Abends, ich hatte ohne große Lust an meinen unfruchtbaren Tagen mit Henri geschlafen, eröffnete er mir, dass er sich in eine junge Kunststudentin verliebt habe und er sich von mir trennen würde. Ich war sechsunddreißig Jahre alt.

Meine Mutter reagierte unsensibel auf die Nachricht: „Mal sehen wie lange es dauert, bis die von ihm schwanger wird!" Ahnte sie etwas von meinem Vorhaben?

Meine Arbeit lenkte mich tagsüber von wachsender Beunruhigung ab und bewahrte mich vor der weiteren Eintrübung meines Selbstbildes als vollwertige Frau. Es quälte mich kein bisschen die Sorge, den Rest meines Lebens ohne Partner verbringen zu müssen, aber ich stellte mich nach Henri unter den quälenden Verdacht, unfruchtbar zu sein.

In den darauffolgenden beiden Jahren hatte ich die Hoffnung auf eigene Kinder zwar noch nicht gänzlich aufgegeben, dachte jedoch dann und wann schon über Alternativen nach: eine Adoption oder ein Pflegekind. Warum nicht?

Solche Überlegungen behielt ich jedoch für mich, wenn auch Mutter von sich aus niemals direkt auf das Thema Kinder zu sprechen kam. Allenfalls kam es zu Bemerkungen wie:

„Die Tochter von Frau soundso hat jetzt ihr zweites Kind bekommen!"

Oder: „Meine Friseuse ist jetzt vierfache Oma." Regelrecht traurig erscheint mir meine Mutter jedenfalls nicht über die Tatsache zu sein, keine eigenen Enkel zu haben.

Nach dem enttäuschenden Telefonat mit Emil komme ich aus der Toilette zu meiner Mutter ins Wohnzimmer zurück.

„Wer war das?" fragt sie.

„Meine Arzthelferin" antworte ich, „sie kann morgen erst zehn Minuten später kommen."

„Hast du eigentlich genügend Patienten?" höre ich meine Mutter von weit her fragen, „es gibt doch heute HNO-Ärzte wie Sand am Meer!"

Obwohl ich wirklich hart arbeite, gibt es offenbar unzählige andere Kolleginnen, die in den Augen meiner Mutter härter arbeiteten als ihre durch die finanziellen Möglichkeiten des Vaters und den mütterlicherseits ererbten Begabungen gesegnete Tochter. Das verunsichert mich immer wieder derart, dass ich meine täglichen ärztlichen Bemühungen gelegentlich selbst für reinen Zeitvertreib halte.

Mittlerweile habe ich drei Arzthelferinnen eingestellt, eine ausschießlich für die Annahme der Patienten und die Terminvergabe sowie die Quartalsabrechnung. Es läuft richtig gut, ich habe mir einen treuen Patientenstamm aufgebaut, bin sogar aus Zeitnot gezwungen, neue Patienten abzuweisen.

Aber auch darüber spreche ich niemals mit Mutter. Ich würde ihr nie ein Lob abringen.

Der Sekt ist getrunken, die Gläser sind wieder in der Vitrine und nun beginnt der dritte Teil unserer sonntäglichen Kaffeestunde.

Mit knappen Worten bekomme ich die Anweisung, Mutters Tasche im Flur zu holen. Ich stelle mich dumm und frage, was sie damit will, bekomme aber nur die wiederholte Anweisung als Antwort. Das ist unser Spiel und keine von uns beiden darf die Regeln verletzen oder den Ablauf verändern. Ihre Tasche aus feinstem Leder steht immer an genau derselben Stelle auf der Kommode im Flur.

Wie bereits erwähnt, hatte meine Mutter kurz nach dem Tod meines Vaters unsere Villa an einen reichen Immobilienmakler verkauft und sich eine luxuriöse Eigentumswohnung gekauft: Die schönsten Möbel, Teppiche und Antiquitäten nahm sie mit, die mittelschönen schmücken heute meine eigene Wohnung und allen Rest verschenkte sie an unsere entfernte Verwandtschaft wie auch an ihre Friseuse und Kosmetikerin. Ich habe sehr wohl bemerkt, dass sie ihrer Bänkerin das Schachbrett mit den Elfenbeinfiguren geschenkt hat; meine Mutter hasste Schachspielen und ließ sich höchst selten von Vater zu einem Spiel überreden, das sie stets nach drei oder vier Zügen verlor.

Mutter fühlt sich sehr wohl in ihrem neuen Reich. Niemand tritt über ihre Schwelle ohne sich vorher angemeldet oder ihre Erlaubnis eingeholt zu haben; der Pfarrer unserer Gemeinde versuchte es nach dem Tod von Vater einmal, aber sie hat ihn durch die Sprechanlage im wahrsten Sinne des Wortes draußen im Regen stehenlassen.

Die Tasche holen. Sie der Mutter, die in der Zwischenzeit an ihrem Küchentisch auf der Eckbank sitzt, devot darreichen.

„Hole mir mal meine Brille aus dem Schlafzimmer!", befiehlt sie mit leicht gebeugtem Rücken, denn vom langen Sitzen auf den etwas unbequemen Terrassenstühlen ist sie nun „ganz steif" geworden.

Ich gehorche wortlos.

Vor dem Kauf der „luxuriösen" Eigentumswohnung fragte Mutter mich, ob wir beide nicht zusammenziehen sollten. Sprich: ich zu ihr. Da wir beide allein lebten, würde sich das doch anbieten. Jede hätte ihr eigenes großes Zimmer, die Küche, das Wohnzimmer und das Bad könnten wir uns teilen, die Wohnung besaß günstigerweise zwei separate Toiletten.

Ich erinnere mich, dass es ein nasskalter Tag im November war, ich betrauerte noch den Verlust meines Vaters oder vielmehr die Idee, wie es hätte sein können mit ihm. Ich fragte mich, was nun mit Mutter geschehen sollte. Würde sie ganz ohne Küchenhilfe ihr tägliches Mahl zubereiten können? Natürlich hätte sie eine Putzhilfe, aber würde Mutter deren Anwesenheit dulden, ohne ausweichen zu können in ihr Gemach, so wie die Jahre zuvor in der Villa?

Es war schwer, die richtigen Worte für die Ablehnung ihres Wunsches zu finden. Meine Ausrede bestand schließlich in der noch nicht aufgegebenen Hoffnung auf eine eigene Familie, ich kam nur sehr knapp damit durch. Dafür habe ich jedesmal, wenn ich sie so allein an ihrem Küchentisch sitzen sehe, mit meinem schlechten Gewissen zu kämpfen: ob es mir eines Tages genauso ergehen wird?

„Deine Brille ist nicht im Schlafzimmer“, rufe ich zu ihr hinüber.

„Doch, sie muss da liegen!“, ruft es zurück.

„Nein, sie ist aber nicht hier.“

Ich weiß natürlich sofort, dass die Brille im Bad liegen könnte, denn Mutter liest auch sehr gerne auf der Toilette; aber um ihr nicht das Gefühl zu geben, sie habe sich geirrt, suche ich noch ein wenig im Schlafzimmer herum, obgleich ich, offen gestanden, nicht gern in diesem Raum bin, weil er so sehr nach ihr duftet und weil ich mich dann ganz weh nach ihr sehne.

„Nichts!“, rufe ich ein letztes Mal, bis mich Frau Dornbusch erlöst und endlich ins Bad schickt. Das ist unser Spiel. Bevor meine Mutter ihre Handtasche öffnet, möchte sie sich vergewissern, dass ich noch mitspiele.

„Ich habe sie!“ rufe ich und bringe ihr die Brille an den Tisch. Der nächste Zug gehört wieder ihr und umständlich nestelt sie an der Schließe ihrer Handtasche herum, gerade so, als habe sie sie schon lange nicht mehr geöffnet, während ich nicht weiß, wo ich hinschauen soll, um nicht ungeduldig zu wirken. Wir sprechen nicht.

Ich möchte nach Hause und mich bemitleiden, weil Emil heute keine Gelegenheit mehr finden will, mit mir zu telefonieren.

Endlich hat meine Mutter ihren Geldbeutel aus Krokoleder herausgeholt und entnimmt ihm einige Scheine.

„Hier, für dich, kaufe dir etwas Schönes“, sagt sie, und klingt dabei wie: „Ich gebe dir nun etwas von mir, dafür erwarte ich aber auch, dass du immer für mich da bist, wenn ich dich brauche." Im Falle sie also krank und schwach wird und dann Hilfe braucht. Nicht falls sie nur einsam und allein ist. Das rede ich mir zumindest ein. Ich nehme etwas verschämt das Geld und bedanke mich brav. Ich brauche es nicht, es geht mir finanziell sehr gut. Aber das sage ich nicht.

Dann muss ich sie kurz umarmen. Manchmal mutmaße ich, dass genau diese kurze und unterkühlte Umarmung ihrer Tochter das einzige Ziel sein könnte, auf das Frau Dornbusch hinspielt. Weil ich ansonsten nicht imstande bin, meiner Mutter Nähe und Zärtlichkeit zu schenken: ein tiefer Graben trennt uns beide, in den hineinzustürzen und für immer verschlungen zu werden mir panische Angst bereitet und an dessen gegenüberliegendem Rand Mutter mit ausgestreckten, leeren Händen auf mich wartet.

Die Spiele sind beendet und endlich kann ich mich verabschieden. Nächsten Sonntag werden wir wieder miteinander Kaffee trinken, vielleicht komme ich auch spontan vorher einmal kurz vorbei, aber versprechen kann ich nichts.

Zwischen Emil und mir war es Liebe auf den ersten Blick. Nichts an ihm ist mir fremd. In seinen Armen fühle ich mich geborgen. Er ist sechzehn Jahre älter als ich und fünf Jahre jünger als meine Mutter. Seine nun fünfundzwanzig Jahre dauernde Ehe sei von Anfang an ein Irrtum gewesen, behauptet er. Das Ehepaar hat eine gemeinsame Tochter, welche erst vor kurzem von zuhause ausgezogen ist, um zu studieren. Es sei ohne sie unangenehm ruhig geworden in der Wohnung, findet Emil.

Seine Frau habe keines seiner Bedürfnisse nach Liebe,

Sex oder intellektuellem Austausch je erfüllen können oder wollen. Er habe aus diesem Grunde seit einigen Jahren eine Liebesbeziehung mit einer anderen Frau am Laufen, um sich wieder lebendig und begehrt zu fühlen. Immer wieder dachte er an Scheidung, habe den letzten Schritt aber nie übers Herz gebracht wegen seiner Tochter.

Wir lernten einander bei einer Dichterlesung kennen, seither gehören wir zusammen; jedenfalls empfinde ich es so. Ich schreibe ihm leidenschaftliche Liebesbriefe und Emil widmet mir Gedichte. Dass ich weniger eifersüchtig bin auf seine Frau als auf die Mutter seiner Tochter, ist mir schnell klar geworden.

Alle unsere Treffen sind natürlich heimlich. Manchmal verabreden wir uns in einem Park oder auf einem abgelegenen Waldweg, ein anderes Mal kommt er abends nach seiner Arbeit zu mir nach Hause, wir finden überall ein Liebeslager. Wie er seiner Frau seine gelegentlichen Abwesenheiten erklärt, darüber sprechen wir nicht.

Ich begehre ihn und er begehrt mich und ich fühle mich beschützt in seiner Nähe, als hätte er seit dem Tod meines Vaters wieder ein Netz unter mir geknüpft, das mich, wenn ich zu fallen drohe, auffangen kann.

Natürlich ist diese Liebe von Anbeginn an auch mit Schmerz verbunden: zum Beispiel, wenn er abends ein paar Stunden bei mir war und dann pünktlich wieder geht. Oder nachdem wir uns geliebt haben und Arm in Arm zum Einschlafen bereit wären, und er sich vorsichtig aus meiner Umarmung löst, seine Kleider zusammensammelt, kurz im Bad verschwindet und mich von sich abwäscht, er dann nochmal zu mir ans Bett tritt, mich küsst und flüstert: „Bis bald, mein Schatz." Wenn ich dann höre, wie er leise die Wohnungstüre hinter sich zuzieht und ich alleine bleibe mit seinem Duft an mir.

Am meisten tut weh, dass er das Wort Zuhause nicht mit uns in Verbindung bringt.

Emil weiß nicht, dass ich nicht verhüte. Er hat auch nicht danach gefragt. Viele lange Jahre bin ich nicht schwanger geworden, ich bin achtunddreißig Jahre alt: wieso sollte ich mich vor etwas hüten, das mein größtes Glück wäre?

Emils Frau, seine Tochter und seine Verwandtschaft erwarten indessen, dass silberne Hochzeit gefeiert wird. Auf mein Bitten hin zeigt mir Emil ein Foto von seiner Frau. Ich meine Stolz in seinen Augen zu entdecken und seine Frage gibt mir recht: „Sieht doch noch ganz passabel aus, oder?"

Ich lasse mir nichts anmerken, aber innerlich gehe ich sofort auf Abstand zu ihm. Wie gezwungen durch eine Mischung aus Angst, Ärger und plötzlicher Unsicherheit trete ich einen Schritt zurück: ich kann nicht neben Frauen bestehen, die Emils ausdrücklichen Anklang finden.

Nächste Woche werde ich einen Schwangerschaftstest machen.

Heute nachmittag hoffte ich noch, dass Emil abends zu mir kommen würde, aber er rief mich in der Praxis an und meinte, dass seine Frau mit ihm die Reise besprechen möchte, die sie anlässlich ihrer silbernen Hochzeit zusammen unternehmen wollten. Damit er nicht mit der Verwandtschaft feiern und eine intakte Ehe vorgaukeln müsse, habe er selbst ihr diese Reise vorgeschlagen. Auf diese Weise könne er sich der ganzen Heuchelei entziehen, er wolle sowieso schon lange einmal nach Sizilien, es wäre natürlich traumhaft, wenn wir beide, er und ich, zusammen ... aber die aktuelle Situation erlaube dies unglücklicherweise nicht.

Ich erwidere kein Wort darauf, innen jedoch spüre ich den Abstand zu Emil weiter wachsen.

Am besten sehe ich kurz bei meiner Mutter vorbei, sie ist überrascht, denn abends komme ich nur noch sehr selten, seit ich auf Emil warte.

Sie sitzt am Küchentisch und hat sich soeben ein Wurstbrot und einen Tee gemacht. „Möchtest du auch etwas essen?", fragt sie halbherzig, denn mein unerwarteter Besuch bringt Unruhe in ihre Gewohnheiten. Nein danke, ich möchte nichts. Dass mir der Appetit vergangen ist nach dem Gespräch mit Emil, kann sie nicht wissen. Aber ich will mir Zeit nehmen heute, vielleicht könnten wir ein paar alte Fotos zusammen anschauen. Das macht meine Mutter gerne, am liebsten die Fotos, als sie noch jung und schön war; ich selbst sehe auf allen irgendwie unglücklich aus, immer im Hintergrund und meistens mit gesenktem Blick.

Ich möchte etwas Alkohol trinken, nur einen Schluck, und hole mir die offene Rotweinflasche, die meine Mutter neben dem Kühlschrank stehen hat; sie sagt, ab und zu trinke sie abends ein kleines Gläschen, aber ich weiß, dass sie dort für mich steht, falls ich komme. Ich gieße mir nur ein klein wenig ein, meine Mutter bemerkt das, sagt aber nichts.

Könnte ich nur mit ihr reden! Über die Rücksichtslosigkeit mir gegenüber, die Ungeheuerlichkeit, dass Emil mit seiner Frau nach Sizilien reisen wird, sie heute Abend über den Reisevorbereitungen zusammensitzen, sich morgen vielleicht Sonnenhüte kaufen, ein Doppelzimmer in einem schönen Hotel buchen. „Dort wird nichts laufen, zwischen ihr und mir." Das glaube ich ihm sogar.

Mich kränkt vielmehr, dass die Eltern einer gemeinsamen Tochter Zimmer und Vertrautheit teilen ohne Sünde, während ich mich in anderen Umständen befinde. Aber es würde schlecht für mich ausgehen, falls ich mich bei Mutter darüber beklagte: denn was habe ich zwischen diesem Ehepaar zu suchen, ich bin doch kein Flittchen!

Meine Mutter und ich betrachten nun ein Foto, auf dem sie mit mir schwanger war: ein junges Mädchen mit einem langen Zopf, etwas unsicher lächelnd, an einen in voller Blüte stehenden Magnolienbaum gelehnt. Bestimmt hatte es mein Vater aufgenommen; wo war zu jenem Zeitpunkt seine Noch-Ehefrau? Wusste diese schon, dass mein Vater sie verlassen würde, weil nun eine andere, jüngere sein ersehntes Kind unter dem Herzen trug? Hatten meine Mutter und mein Vater bewusst nicht verhütet und wollte mein Vater zuerst testen, ob meine Mutter fruchtbar war im Gegensatz zu seiner Frau?

„Wie haben Frauen zu deiner Zeit verhütet?" frage ich möglichst unverfänglich, denn es käme mir niemals in den Sinn, meiner Mutter Absichten zu unterstellen. Die Absicht zum Beispiel, ohne Ankündigung schwanger zu werden und dann weiterzusehen. Sie war ja gerade erst neunzehn Jahre alt gewesen, noch nicht einmal volljährig zu jener Zeit. Mein Vater hingegen war ja sehr viel älter und erfahrener, er hatte die Verantwortung.

„Gar nicht", antwortet meine Mutter wachsam, „ich hatte damals keine Ahnung, wann es gefährlich war und wann nicht, man hat sich also auf den Mann verlassen, dass er vorher aussteigt." Sie sagte wirklich „aussteigen" und wieder einmal wundere ich mich darüber, welche Worte meine ansonsten so prüde erscheinende Mutter und Heilige findet, sobald sie sich kurz vergisst.

Das ist mir jedesmal ganz schön peinlich und schnell wechsle ich das Thema. Mein Vater kümmerte sich nicht um Verhütung, weil er mich wollte. Der Grund meiner ausgebliebenen Monatsblutung liegt dagegen in meiner Verantwortung. So ist das heutzutage.

Hätte ich vor der Reise des Ehepaares zu Emil sagen können: „Du hör mal, ich bin sehr wahrscheinlich schwanger von dir, was sollen wir tun, es geht nicht, dass du mit deiner Frau so tust, als wäre alles beim Alten; du musst ihr sagen, dass du wieder Vater wirst, und zwar nicht der Vater ihres Kindes, sondern jener Frau, mit der du dir im Wald die Kleider vom Leib gerissen hast, mit der du dich auf Autositzen verrenkt hast, mit der du Teppiche auf blühenden Wiesen ausgebreitet hast und der du ins Ohr geflüstert hast, dass sie die einzige Liebe deines Lebens sei."

Oder hätte ich ihn fragen sollen: „Ist es wahr, dass wenn ein Mann eine Frau liebt, er dann in jedem Fall ein Kind von ihr möchte?"

Oder noch direkter: „Darf eine Frau ohne deine explizite Einwilligung von dir schwanger werden und wenn nein, freust du dich dann trotzdem, sofern du diese Frau liebst?"

Welche Antwort hätte Emil mir geben müssen, um meine Mutter davon zu überzeugen, dass er der Mann war, der ihre einzige Tochter tatsächlich liebt angesichts und trotz der Tatsache, dass er mit seiner langjährigen Ehefrau gerade dabei ist, in einen wunderbaren Urlaub zu starten?

Mir wird übel und ich bekomme leichte Kopfschmerzen. Meint es Emil ernst mit mir? Bin ich schwanger? Ich hätte das Kind so gerne, mein Kind, sein Kind.

Es wäre schön, wenn es ein Mädchen wäre, denn Emil liebt kleine Mädchen. Würde ich es schaffen, ein Kind alleine großzuziehen? Ich denke, ja. Da ist noch meine Mutter und ich würde mir eine Kinderfrau leisten, die, während ich in der Praxis bin, auf mein Kind in meiner Wohnung aufpasst. Das bekomme ich hin.

„Warum sagst du nichts mehr?" Mutter mag es nicht, wenn sie nicht teilhaben darf an meinen Gedanken und klappt energisch das Fotoalbum zu. „Ach, ich bin nur müde und werde jetzt nach Hause ins Bett gehen."

Am nächsten Morgen, gleich nach dem Aufstehen, setze ich mich auf die Toilette und halte den Teststreifen einige Sekunden in meinen Urinstrahl. Dann warte ich wenige Minuten mit klopfendem Herzen. Es ist vollbracht: es zeigt sich ein zweiter Streifen, ich bin schwanger! Mit achtunddreißig Jahren sollte es endlich geklappt haben? Ich bin gebenedeit.

Danke, Emil.

Plötzlich fängt mein Herz an zu rasen: ruhig, ganz ruhig bleiben! Jetzt wird sich alles ändern!

Emil ist in der Zwischenzeit auf Sizilien angekommen, das Paar ist angereist und hat im Hotel als Herr und Frau eingescheckt. In welche Situation habe ich mich und Emil gebracht? Wovor ängstige ich mich jetzt? Hätte ich doch jederzeit alles gegeben für die Gnade eines fruchtbaren Leibes, meine Praxis hätte ich hergegeben dafür, meinen ganzen Besitz, was noch, meine Freizeit, meine Ruhe, meine Zukunftspläne hätte ich über den Haufen geworfen, alles wäre unwichtig geworden angesichts des Glücks, einmal die Erfahrung machen zu dürfen, ein Kind unter dem Herzen zu tragen; zu spüren, wie es sich in mir bewegt, ganz mein ist, und immer ganz mein sein wird. So schwer zu erklären: es wird „Mama" zu mir sagen, es wird mich als Einzige auf dieser Welt brauchen wie keine andere, es wird von mir lernen, was gut und was böse ist, ich werde seine Norm sein, sein Vorbild für alles, was es auf diesem Erdball zu tun und zu lassen gibt.

Ich werde seine erste große Liebe sein, während ich es meinerseits vergöttern werde. Aus seinen Augen wird mich Emil ansehen und so werde ich auch ihn in diesem Kind lieben.

Sind dies ausreichende Gründe oder gibt es edlere, weniger egoistische? Mutter hat mich gelehrt: eine Frau ist zuallererst eine Gebärende, eine Nährende und eine Sorgende, sofern sie denn keine Schlange oder ein Flittchen ist.

Aber was, wenn Emil sagen würde: ich möchte kein Kind mehr!? Und wäre dies überhaupt denkbar angesichts seiner Schwüre, dass er mich über alles liebt? Meine Mutter weiß die Antwort, sie kennt sich da aus.

Ich habe einen Termin bei meiner Frauenärztin. Sie wird einen weiteren Ultraschall machen und mir daraufhin mittels eines Mutterpasses die Schwangerschaft offiziell bestätigen. Dann besitze ich einen Reisepass und einen Mutterpass. Sollte ich ab diesem Zeitpunkt reisen, so wäre ich eine reisende werdende Mutter. Im Mutterpass sind alle wichtigen Daten festgehalten, die medizinisch relevant sind für die Schwangerschaft und spätere Geburt.

Mir kommt meine Nachbarin in den Sinn, die trotz aller Versuche kinderlos geblieben ist. Wir begegneten uns auf dem Friedhof, ich besuchte das Grab meines Vaters, sie geht dort öfter spazieren. Während wir uns ein Weilchen auf einer Bank im Schatten niedergelassen hatten, erzählte sie mir, wie sehr sich ihr Mann schon vor ihrer Hochzeit ein Kind mit ihr gewünscht hatte – gleichgültig ob Mädchen oder Junge. Er habe sich nach der Hochzeit auf ein Kinderlachen im Haus gefreut, habe sich sogar extra eine kleine Werkstatt im Kellergeschoss eingerichtet, wollte dort eine kleine Wiege schreinern.

Seit seiner Pensionierung sei er die meiste Zeit des Tages nun dort unten; er repariere alte Radios und verschenke sie an Altenheime. Ein Radio nach dem anderen.

Ihr sei neulich eine Katze zugelaufen, sie bilde sich ein, ihre jüngst verstorbene Schwester hätte sie ihr aus Mitleid gesandt: seither könnten sie und ihr Mann nicht mehr in den Urlaub fahren, weil sie die Katze nicht alleine lassen wollten. Das Tier seinerseits dürfe das Haus nicht verlassen, damit es nicht weglaufen könne und womöglich unter ein Auto gerate. Seit diesem Gespräch verstehe ich, weshalb in der Nachbarswohnung seit einiger Zeit immer alle Fenster und Türen fest verschlossen bleiben, auch in der größten Hitze.

Es ist Sonntag. In einer Stunde erwartet mich meine Mutter zum Kaffeetrinken. Heute werde ich ihr sagen, dass ich mich verliebt habe in einen Mann, der noch verheiratet ist.

Ich schließe ihre Wohnungstüre auf, denn ich habe einen Schlüssel für alle Fälle. Dennoch fühle ich mich schuldig, sobald ich ihren kleinen Flur betrete. Im Gegensatz zu meinem Elternhaus, unserer „Villa", wirkt die Wohnung wie eine Streichholzschachtel.

Als Kind wohnte ich meinem Gefühl nach in einem Schloss: es gab ein Spielzimmer, ausgestattet mit Tischtennis, Tischfußball, einer riesengroßen Eisenbahn (Hobby meines Vaters, erbaut mit Hilfe eines Ingenieurs), mit der ich nur spielte, um meinem Vater einige Stunden den Sohn zu ersetzen; ich spielte nämlich am liebsten mit Puppen und allem, was dazugehört.

Im Haus gab es desweiteren eine Speisekammer, eine Hausmeisterwohnung, ein Dienstmädchenzimmer sowie den großen Saal, in dem ein schwarzer Steinway-Flügel stand (leider von Mutter verkauft, da ich ja kein Klavier spielen könne). Es gab ein Jägerzimmer, in dem jeden Montagabend der „Jägerabend" stattfand (zum Groll meiner Mutter, die es hasste, wenn die Jägerfreunde meines Vaters sichtbar betrunken durchs Haus grölten); es gab zwei Ställe mit einem Pony und einer weißen Stute sowie einen großen Tierpark, in dem sich neben Hühnern und Enten, neben Truthähnen und Rehen so alles tummelte, was mein Vater frisch erlegt auf dem Esstisch vorzufinden wünschte. Durch diesen Tierpark musste man gehen, um auf unseren privaten Tennisplatz zu gelangen, auf dem mit meinem Vater zu spielen, wann immer er wollte, meine Pflicht war. Auch hier kämpfte ich um seine Liebe: im Doppel mit ihm gegen zwei seiner Prokuristen gab ich alles, um für ihn das Spiel zu gewinnen. Es gelang mir tatsächlich, aber die Wahrheit ist, dass auch hier meine Hoffnung auf Zuneigung an seiner Genugtuung vorbei ins Leere lief.

Da die Villa in einem weitläufigen, parkähnlichen Garten stand, in dem sich alle Sorten von Obstbäumen, Obststräuchern sowie dichte Büsche und dunkle Blätterverstecke befanden, hatte ich unendlich viele Möglichkeiten, mir die Zeit außerhalb des Hauses zu vertreiben.

Denn ich war ja die meiste Zeit auf mich alleine gestellt: es gab Tage, da bekam ich meine Eltern nur zu den Essenszeiten zu Gesicht; gekocht, geputzt, gekehrt und gegärtnert wurde vom Personal, meine Mutter hielt sich entweder beim Einkaufen in der Stadt auf oder in ihren beiden Privatgemächern. Dort stand der große Spiegel, davor ihr Schminktisch mit den Parfumfläschchen und ein dunkelroter Samtsessel: für mich der Sehnsuchtsort meiner Kindheit schlechthin. Abends, bevor die Eltern ausgingen, durfte ich ihr manchmal vor dem Schlafengehen zusehen, wie sie sich vor dem Spiegel zurechtmachte und für mich war sie eine Königin, eingehüllt in die Düfte von tausend und einer Nacht. Unerreichbar, nichts zum Anfassen, nichts zum Umarmen.

Während des Tages nach der Schule schloss ich mich dem Personal an, vor allem unserer Köchin, denn meine Mutter fand sich selten in der Küche ein. Der Duft von frisch gekochter Marmelade und des noch warmen Kuchens war es, der mir für tröstliche Augenblicke ein Gefühl von Zuhause und des Willkommenseins vermittelte.

All das war einmal und heute sitzt Mutter am liebsten in ihrer Küche auf der Eckbank aus Eichenholz. Sie kocht und wäscht und putzt noch immer nicht selbst:

„Soweit kommt es noch!“, betont sie entrüstet. Sie ließ es nur eine kurze Zeit zu, dass auf ihrem Herd gekocht wurde und entschied dann, dass sie sich vor dem Gestank, der dabei durch die ganze Wohnung zieht, ekele. Seither wird ihr das fertige Essen gebracht und danach lüftet sie gut.

Ob ich es mir nur einbilde, dass sie mir beim Hereinkommen in einer Art entgegenschaut, die sagen will, ihre Tochter hätte ihr dies alles angetan und sie in diese Küche auf diese Eckbank gezwungen, wo sie nun auf mein Kommen und Gehen harren muss?

„Hallo, Mutti“ (sie wollte nie Mama oder Mutter genannt werden, sie fand, das lasse sie alt erscheinen), rufe ich ihr betont fröhlich und eine Nuance zu laut vom Flur aus zu, wohlwissend, dass für soviel Ausgelassenheit und offen gezeigte Unbeschwertheit die Strafe auf dem Fuße folgt, und zwar in Form einer deutlich verzögerten Antwort ihrerseits.

„Grüß dich Gott, meine Tochter!“, antwortet Frau Dornbusch streng. Das Eintreten in ihre Welt ist immer der schwierigste Augenblick: die ersten Sekunden des Wiedersehens, wenn wir uns kurz in die Augen blicken sollten und nicht wollen oder können; wäre eine kleine Umarmung angebracht, ein flüchtiger Kuss auf die Wange?

Bei meinem Vater stellten sich solche Fragen nicht, denn der Austausch von Zärtlichkeiten war schlichtweg unmöglich. Einmal versuchte ich ihn bei meiner Begrüßung zu umarmen, da erstarrte mein Vater zu Stein. Ob mich das verletzt hatte damals? Wie bitte, hätte man sich denn danach noch selbst lieben können? Auch versuchte ich, ihm zum Gruße meine Hand zu reichen, aber er ergriff sie nicht, weil er der Meinung war, innerhalb einer Familie sei dies zu förmlich. Schließlich begann ich, mich mit Hilfe wechselnder Strategien vor ihm zu schützen: ich trat zum Beispiel mit Schwung auf ihn zu, gleichgültig, wie mir zumute war, und grüßte mit gespielter Wiedersehensfreude. In Wahrheit jedoch fürchtete ich mich vor seiner Kälte.

Deshalb konnte es vorkommen, dass ihm manche meiner Auftritte ungewollt großspurig erschienen. Ich erinnere mich mit Grauen, wie ich meinen Vater nach einem Urlaub besuchte und er sich die Frage nach meinem Wohlergehen abgerungen hatte. Dankbar für soviel Zuwendung antwortete ich: „Ausgezeichnet!" Und mein Vater antwortete: „Gut würde auch reichen."

Aber da wusste ich schon lange nicht mehr, wer und wie ich hätte sein sollen, um meinen Eltern nahe kommen zu dürfen.

Bei meiner Mutter bricht das Eis am schnellsten, wenn ich folgendermaßen vorgehe: ich komme etwas gebeugt herein, murmle kaum hörbar eine Begrüßung und offenbare ihr dann sofort eines meiner Probleme. Keines, das mit meiner Tätigkeit als Ärztin im Zusammenhang steht, denn dies brächte mich in Gefahr, in den Augen meiner

Mutter beruflich zu versagen; nein, es muss ein Problem sein, von dem meine Mutter annimmt, dass die Lösung im Grunde auf der Hand liegt.

Weil ich schon unzählige Male hereingekommen bin nach Vaters Tod, kann ich mittlerweile auf einen umfangreichen Fundus an unverfänglichen Sorgen zurückgreifen. Zum Beispiel: „Weshalb gelingt mir der Teig des Apfelkuchens nicht?" Oder: „Ich weiß nicht, was mit meinem Auto los ist, es springt so schlecht an."

Neben beruflichen Problemen gehört auch mein eigenes Befinden nicht zum Bestand meiner Gesprächseröffnungen. Also niemals sagen: „Heute fühle ich mich sehr niedergedrückt und hilflos." Oder: „Ich konnte nicht einschlafen, denn ich habe immer Emil und dessen Frau vor Augen, ich frage mich, ob die beiden noch Zärtlichkeiten miteinander austauschen..."

So etwas geht gar nicht, dafür hat meine Mutter weder Trost noch Rat übrig, denn aufgrund meiner privilegierten Kindheit ist sie der festen Überzeugung, dass es keinerlei Anlass für jedwedes Leid in meinem Leben zu geben hat: dennoch zu klagen, wäre pure Undankbarkeit.

Der Kaffeetisch ist heute noch nicht gedeckt, denn Mutter fühlt sich „so müde und schlaff, so schwindelig", als stimme etwas mit ihrem Kopf nicht. „Ich muss mal wieder mein Gehirn röntgen lassen, man weiß ja nie, vielleicht habe ich einen Tumor?!"

„Ich habe Kuchen mitgebracht, welchen möchtest du?" Nachdem meine Mutter mit kritischem Blick die beiden Tortenstücke gemustert hat, weiß ich schon, dass ich nicht die richtige Wahl getroffen habe: denn manchmal mag sie eher trockene Kuchen, zum Beispiel Streuselkuchen, manchmal aber zeigt sie einen regelrechten Heißhunger auf vollfette Sahne.

Schon seit meinem elften Lebensjahr hege ich den Verdacht, dass meine Mutter ein gestörtes Verhältnis zur Nahrungsaufnahme haben könnte. Wenn sie auf ihrem Teller lediglich zwei kleine Perlhuhnknöchelchen vom Sonntagsbraten liegen hatte, machte ich mir Sorgen, sie könne krank sein und schaufelte umso mehr Kartoffelsalat mit viel Soße in mich hinein, als müsste ich für sie mitessen. Während ich also zwischen meinem elften und vierzehnten Lebensjahr auf diese Weise immer pummeliger wurde, magerte meine Mutter im Gegenzug immer mehr ab. Mit sechzehn Jahren schaute ich mich schließlich genauer im Spiegel an und ab meinem siebzehnten Geburtstag hatte ich wieder Normalgewicht.

„Warum kaufst du immer so fette Torten?“ fragt Mutter vorwurfsvoll.

„Ich dachte, du magst das!“

Ja, sie mochte es in der Tat; regelrecht gierig verschlingt sie die Käsesahne mit den Augen. Der eiserne Wille zur Kontrolle ihres Essverhaltens erschlaffte mit den Jahren etwas, eine Tatsache, die sie in helle innere Aufregung versetzen kann und angesichts einer unwiderstehlichen Verlockung sogar Aggressionen gegen sich selbst hervorzurufen imstande ist. Zugegebenermaßen mache ich mir gelegentlich einen versteckten Spaß daraus und kaufe die herrlichsten Tortenstücke. Vielleicht als späte Rache für meine kindliche Angst, die sich gelegentlich bis zur Panik steigern konnte, wenn Mutter mir zu verstehen gab, sie habe womöglich einen Tumor im Magen, welcher der

Grund ihrer Appetitlosigkeit sein könne. „Sieh nur her", sagte sie, indem sie sich die Bluse bis über die Brüste hochzog „wie dünn ich bin!" Und auf diese Weise musste ich auch ihre Beine begutachten: „Schau, was für dünne Oberschenkelchen ich habe!" Mutter spricht gerne über sich wie über ein Kind.

Ihr Köpfchen schmerzt, ihre Fingerchen hat sie sich verbrannt, ihre Äuglein fallen ihr zu und heute juckt sie das Näschen.

Im Gegensatz dazu kann sie aber auch ungeheuerlich fluchen, sie scheut dann kein Schimpfwort; wenn es zum Beispiel um den Beischlaf zwischen Schwulen geht oder um Frauen, die in ihren Augen der letzte Abschaum sind, also um jene, die offene Freude am Sex empfinden und dabei braven Ehefrauen den Mann ausspannen; und natürlich wenn es um Männer geht, die da mitmachen, obwohl sie zu Hause eine treu sorgende Frau sitzen haben: „Alles Schweine, Schmarotzer, Drecksäue und Hurenweiber." Solche zwei Seiten hat Frau Dornbusch.

Soll ich ihr heute von Emil erzählen?

Während meine Mutter mit großem Genuss ihren Käsesahnekuchen bis auf den letzten Krümel verzehrt, suche ich unruhig nach einem Anfang, nach dem ersten richtigen Wort: wie und in welcher Stimmlage (verlegen, schuldig, hilflos, ängstlich?) ich es so belanglos wie möglich aussprechen könnte: „Ich habe mich wieder verliebt." Auf keinen Fall darf es glücklich klingen, eher wie die Beichte eines jungen Mädchens, das seiner Mutter errötend gesteht, dass es einen Jungen geküsst hat.

Aber zuerst einmal abräumen, dann: „im Kühlschrank

ist der Sekt" und ich gehe und hole ihn, nehme zwei Gläser aus der Vitrine, drehe umsichtig den Korken heraus und schenke uns ein Glas ein. Dann die Flasche zurück in den Kühlschrank. Ob ein Schluck meinem Kind wohl schadet? Ich erinnere mich, dass meine Mutter einmal ein behindertes Kind an der Hand einer attraktiven Frau beobachtete und verächtlich murmelte: „Die hat bestimmt in der Schwangerschaft gesoffen!"

Zunächst einmal ein unverfängliches Thema finden, etwas anbieten, auf das meine Mutter aufspringen kann.

„Ich hätte Lust, mir einen neuen Geldbeutel zu kaufen, ich habe einen wunderschönen neulich in der Stadt gesehen", beginne ich mich vorsichtig herantastend.

Meine Mutter fängt den Ball auf: „Hast du denn nicht schon genügend Geldbeutel, ich habe meinen seit zwanzig Jahren und er ist noch fast wie neu!"

Jetzt kommt die Stelle, an der ich mich klein machen muss, so tun, als fühlte ich mich schuldig, weil ich zuviel Geld für Unnützes ausgebe, aber eben auch ab und zu etwas brauche, worauf ich mich freuen kann. Dabei sollte man wissen, dass meine Mutter in früheren Zeiten fast jeden zweiten Tag in die Stadt gefahren war und sich etwas „Tolles gegönnt hat": einen Ring, ein „sündhaft teures Kleid", Schuhe, sowie überteuerte Kosmetika, die ewige Jugend versprachen. „Dein Vater hat mir immer großzügig Geld mitgegeben." Das war natürlich etwas anderes. Ich habe keinen wohlhabenden Ehemann, auch keinen reichen Geliebten, der mich derart verwöhnen könnte. Mein Geld verdiene ich mir selbst, aber ein Diamant, den eine Frau sich selbst schenkt, hat kein Feuer, meint Mutter, mag er gekostet haben, was er wolle: Es mangelt ihm am Glanz der Liebe eines Mannes.

Themawechsel. Jetzt oder nie den Sprung ins kalte Wasser wagen. Ich entscheide mich für ein geheimnisvolles Lächeln, leicht verschämt, etwas spielerisch und sage: „Ich bin wieder einmal verliebt!"

Mutters Blick mustert mich von der Brust bis zum Schambein, er prüft, ob ihre Tochter tatsächlich noch attraktiv genug für einen Mann sein könnte oder nicht schon ein wenig zu alt für alles, was so dazu gehört. Schließlich sagt sie etwas spöttisch: „So so…!"

Geschafft, die erste Hürde ist genommen, ich stehe noch fest auf den Beinen und erwäge den nächsten Zug. Emils Alter. Dass er lediglich fünf Jahre jünger als Mutter ist, wird sie nur schwer verkraften. Und so ist es auch:

„Du liebe Zeit, der wäre doch eher etwas für mich!" Dabei streicht sich Mutter mit beiden Hände über die Brüste.

„Ich glaube", antworte ich etwas pikiert, „dass Emil der Richtige für mich ist, diesmal ganz bestimmt, er hat so etwas Ruhiges und Besonnenes; gut, er könnte etwas gesprächiger sein, immer muss ich Leben in die Unterhaltung bringen, aber das macht mir nichts aus, denn wenn seine Hände mich berühren, dann fühle ich mich geborgen und beantwortet."

Schweigend wartet meine Mutter, bis ich fertig bin. Dann greift sie umständlich nach ihrem Glas, als gehorchten ihr ihre Finger nicht mehr und nimmt, ganz gegen ihre Gewohnheit, einen großen Schluck Sekt; dabei schaut sie, immer noch schweigend, hinaus in eine unbekannte Ferne. Diese Pause nütze ich für den nächsten Zug:

„Er ist Gymnasiallehrer, verheiratet und hat eine erwachsene Tochter. Zur Zeit befindet er sich mit seiner Frau im Urlaub, er wollte seiner silbernen Hochzeitsfeier entkommen. Er ist immer schon unglücklich gewesen mit dieser Frau."

Das ist für Frau Dornbusch natürlich zu viel auf einmal: alt, verheiratet, untreu, quasi mittellos als Schulmeister. Was sich ihre Tochter antut, das tut sie gleichzeitig auch ihr an. Das lange Schweigen meiner Mutter schwebt schwer über dem Kaffeetisch. Wie kann ihre Tochter nur von einem in die Jahre gekommenen Mann schwärmen, der gerade mit seiner Ehefrau am Meer sitzt?

Endlich findet Mutter ihre Sprache wieder: „So ein alter Lump!" Ich könnte sie küssen dafür, dass sie nicht „Schwein" gesagt hat, es bedeutet, dass Mutter gewillt scheint, Emil nicht gänzlich in Grund und Boden zu stampfen. Sie weiß ja auch das Allerschlimmste noch nicht. Das, was alles verändern wird: mein, ihr Leben, unsere Kaffeestunde. Doch das Geständnis, von Emil schwanger zu sein, wäre für uns beide heute zu viel. Zu viel Vertrautheit kann nämlich mir nichts dir nichts in zerstörerischen Übergriffen enden.

Ich werde unruhig, rutsche auf meinem Stuhl hin und her, stehe auf, hole eine Serviette, nippe ganz leicht an meinem Sektglas: lieber nichts trinken.

Als ich Emil kennenlernte und wir noch nicht viel voneinander wussten, war ich ruhig. Ich hatte noch nichts zu verlieren; noch hatte er nicht an mein tiefstes Bedürfnis gerührt, willkommen zu sein und dazuzugehören. Bei unseren ersten beiden Treffen blieb ich aus alter Erfahrung innerlich noch auf Abstand. Je näher ich jedoch jemanden an mich heranlasse, desto unruhiger werde ich.

Hat mein Vater mir je in die Augen gesehen? Mutter auch nicht. Ihr Blick will mir immer ausweichen. Als Kind war das sehr verstörend, bis ich irgendwann selbst angefangen hatte, nicht mehr direkt in die Augen meiner Eltern zu sehen.

Mutter hat ihre Hände nun vors Gesicht geschlagen und ihr Ton klingt verzweifelt:

„Du lieber Himmel, willst du dich wirklich für einen verheirateten Mann hergeben, der will doch nur seinen Spaß mit dir, und du siehst doch, wo dessen wirkliches Leben stattfindet!? Geht mit seiner ahnungslosen Frau in den Urlaub! Tu das doch nicht, Schätzchen, das bringt doch nichts Gutes!“

Sie hat „Schätzchen“ gesagt, ich bin noch nicht verstoßen, ausgestoßen, verurteilt. Meine Mutter läßt mir gegenüber Milde walten. Emil ist der Sünder. Wahrscheinlich nur, solange Mutter noch nicht alles weiß.

„Ja, ich finde es auch unmöglich, dass er mit der Frau in den Urlaub ist, nur um vor der Verwandtschaft zu flüchten“, gebe ich zum Besten.

„Große Liebestöne spucken, in dem Alter!“ keift Mutter. Ich bleibe ruhig, denn ich darf sie jetzt auf keinen Fall verärgern oder provozieren, etwa durch einen Vergleich mit ihrer eigenen Geschichte, die davon erzählt, wie abwertend sie von der ersten Frau meines Vaters behandelt wurde; wie ein kleines Flittchen nämlich, das einer Ehefrau hinterhältig und berechnend den geliebten Ehemann hatte rauben wollen und dafür nichts als Schläge verdient gehabt hätte. Aber an jene Zeit zu rühren, würde zu einem schrecklichen Tränenausbruch meiner Mutter führen. Nicht einmal im größten Zorn würde ich darauf zu sprechen kommen.

Und genau deshalb muss ich meine Geschichte mit Emil umschreiben, für mich und für Mutter: Nicht ich, sondern Emils klammernde Ehefrau soll die Böse sein, sie, die ihren Mann berechnend an sich bindet und ihn zwingt, unglücklich zu leben. Anstatt ihn freizulassen und ihm das Recht einzuräumen, mit einer geliebten anderen Frau ein neues Leben zu beginnen. Vaters erste Frau soll die Berechnende sein, Mutter diejenige, die geliebt wurde.

Mein Kind, Emils Kind, soll von aller Welt willkommen geheißen werden. Wenn unsere Geschichte auch der meiner Mutter zu gleichen scheint, so wird ihr Ende doch ein gesegnetes sein.

„Seine Ehe besteht nur noch auf dem Papier", erwidere ich entschlossen und etwas forsch. „Emils Frau wird ihn nicht halten können, weder mit Drohungen noch mit Erpressung. Es gibt kein Gesetz und kein Gebot, das vorschreibt, dass zwei Menschen unglücklich miteinander leben müssen." An dieser Stelle lacht meine Mutter gekünstelt auf:

„Ach Schätzchen, ich würde es dir ja so gönnen, dass du glücklich bist!" Meine Übersetzung: „Ach Schätzchen, ich würde es dir ja gönnen, dass du noch mal glücklich wirst, aber das sind doch alles Illusionen!"

Das Gespräch beginnt mich anzustrengen und ich bekomme Kopfschmerzen. Wie gerne würde ich meiner Mutter den Rest auch noch beichten; jetzt aber erst einmal den

Frauenarzttermin abwarten, um die letzte Gewissheit zu bekommen, dann sehe ich weiter. Morgen wartet ein langer Arbeitstag auf mich und ich möchte jetzt nach Hause. Draußen wird es jetzt schon viel früher dunkel, und ich würde gerne noch ein paar Schritte spazieren gehen.

„Ich muss jetzt gehen, ich habe noch etwas zu erledigen."

„Was musst du denn noch machen?" fragt kühl meine Mutter, denn es sollte für ihre Tochter nichts Wichtigeres geben als das Zusammensein mit ihr.

„Ich muss meine Küche noch aufräumen und etwas für die Praxis morgen vorbereiten." Das mit der Küche ist in Ordnung, die Vorbereitungen für meinen Beruf nimmt meine Mutter eher als Angriff wahr. Dabei habe ich noch kein einziges Mal klagend oder stolz hervorgehoben, dass ich im Gegensatz zu ihr zwei Pflichten gerecht werden muss: dem Haushalt und meinen Arztberuf.

„Ich muss auch jeden Handgriff selber machen" tröstet sich Mutter selbst.

Ein gehauchter Abschiedskuss auf ihre hingehaltene Wange, dann hinaus und aufatmen.

Mit klopfendem Herzen öffne ich nach meinem Spaziergang den Briefkasten. Gestern habe ich ihn bewusst nicht geleert, ich wollte es lieber heute tun, nach dem Besuch bei Mutter. In der Hoffnung, etwas von Emil darin zu finden, ein Zeichen, das mir mehr Klarheit schenkt, wie es weitergehen könnte. Aber zwischen Kontoauszügen, der Werbung und einem Prospekt für Seminare zur Weiterbildung von HNO-Ärzten finde ich nichts Persönliches. Neben der großen Enttäuschung meldet sich noch ein anderes Gefühl. Es ist heiß und scharf. Es ist Wut, auf Emil, auf seine Frau, auf das Ehepaar, auf ihre gegenseitige Lüge dort im Süden. Ein kurzer, rachsüchtiger Augenblick des Hasses, der mir einflüstert, schnellstens mit meinem Kind das Weite zu suchen.

Der kurze Impuls, es ihm noch heute zu schreiben und Schluss. Kein Wort von unserem Kind, das ich alleine aufziehen werde, jawohl. Ohne dass er es je zu Gesicht bekommen wird. Ich bin das Alleinsein gewohnt, innerlich und äußerlich. Ich bin es müde, dass er sich nach unseren heimlichen Treffen davonschleicht wie ein Dieb.

Der Gedanke an Emils Tochter kühlt meinen Ärger ab. Ich bin dabei, etwas Wichtiges für dieses Mädchen in Frage zu stellen: die Illusion, dass der Vater aus Liebe zu ihr bleiben würde. Bin dabei, sie aus dem Paradies zu vertreiben, hinein in die immer an Verrat grenzenden Fragen, zu wem sie danach halten soll, wen sie dafür verantwortlich machen soll für die leere Stelle, die sich nach der Trennung ihrer Eltern in ihr festgesetzt haben wird. Sie wird mich hassen wollen. Mich, die Schlangenfrau, die sich in die blühenden Gärten ihrer Kindheit eingeschlichen hat, und aus deren Leib die Halbschwester oder der Halbbruder entsteigen wird mit dem ketzerischen Anspruch auf die Liebe des gemeinsamen Vaters.

Müde lege ich mich auf mein Sofa. Es geht um Liebe und Verrat. Immer.

Ich gehe auf die Toilette: Alles sauber, ich nehme sehr wohl wahr, dass meine Brüste zu spannen beginnen. Mutter sein.

Lustlos werkle ich in meiner Küche herum, die groß genug für eine ganze Familie wäre, gehe in mein Bad, putze mir die Zähne und will nur noch ins Bett. Aber vielleicht sollte ich noch eine Kleinigkeit essen, nicht für mich, aber ich denke jetzt für zwei. Auch für das andere in mir, das Emils Augen hat. Deshalb noch einmal in die Küche und ein Brot geschmiert, dabei lese ich mir nochmals den Krankenbericht eines Patienten durch. Ich hatte seinen Kehlkopfkrebs entdeckt, hatte danach mit ihm und seiner Frau gesprochen, und ihn sofort in eine Klinik einweisen lassen für die notwendige Operation.

Die Reaktion der Ehefrau auf die Diagnose ihres Mannes war heftig: die beiden saßen mir gegenüber. Er, zusammengesackt auf seinem Stuhl, sie ein einziger emotionaler Aufschrei: „Womit haben wir das verdient, wir haben in unserem Leben niemandem etwas getan, waren immer gute Menschen. Weshalb straft uns Gott jetzt so, das ist nicht gerecht!“ Dabei schlug sie sich immer wieder die Hände vor die Augen, scharrte mit den Füßen und wippte mit ihrem Oberkörper vor und zurück.

„Eine Krebserkrankung ist keine Strafe Gottes“, antwortete ich leise und hielt ihre Hand, aber sie hörte mich nicht und schrie weiter:

„Andere Menschen betrügen und töten und bleiben dabei kerngesund! Mein Mann ist der gütigste Ehemann und Vater, den ich kenne und jetzt sagen Sie mir, dass er Krebs hat und vielleicht sterben muss?“ Ich verabreichte ihr ein Beruhigungsmittel, sagte, dass ihr Mann eine reale Chance habe, wieder gesund zu werden, wenn es auch eine Weile dauern würde, bis er wieder normal essen und sprechen können würde.

Gerechtigkeit. Es bedarf eigener Stärke, Krebsdiagnosen zu stellen, denn sehr häufig sind es Todesurteile. Darum neige ich dazu, mich nach einer lebensbedrohlichen Diagnose einige Zeit aufmerksamer zu beobachten: Schlucke ich richtig, ist mir öfters schwindelig, sind Lymphknoten geschwollen, ist meine Zunge belegt, wie sieht mein Zahnfleisch aus? Dieses ängstliche in sich Hineinhorchen kennt wahrscheinlich jeder, der täglich die hohe Verletzlichkeit des Menschen vor Augen geführt bekommt.

In der Nacht habe ich einen langen, klaren Traum, den ich beim Aufwachen noch in allen Einzelheiten weiß: Ich hatte Emil einen Abschiedsbrief geschrieben, in dem ich ihm klar machte, dass ich eine andere Frau an seiner Seite nicht mehr ertragen könne und dass ich mich entschieden hätte, der anderen den Vortritt zu lassen, da sie ja schon viel länger mit ihm zusammen sei.

Unser werdendes Kind habe ich in diesem Traumbrief nicht erwähnt. Dann sah ich, wie Emil auf einer Klippe über dem Meer steht und weinend die winzigen Schnipsel meines Briefes in die Wellen hinunter flattern lässt, so dass es aussah, als würde es schneien. Plötzlich stand seine Frau mit einer weißen Sonnenmütze hinter ihm, legte ihre Hand auf seine Schulter, drehte ihn sanft zu sich herum und nahm ihn an der Hand, während sie ihn langsam von den Klippen wegführte und er ihr mit gesenktem Kopf folgte. Die stille Vertrautheit zwischen den Beiden schloss meine Existenz völlig aus.

Jetzt ist es mittlerweile Mittag und immer noch habe ich dieses Bild klar vor Augen: Emils Frau, wie sie ihren Mann vor dem Abgrund rettet. Weg von mir, zurück in einen sicheren, ruhigen Alltag.

Das Verlassenheitsgefühl in mir ist noch immer so stark, dass ich mich Emil gegenüber regelrecht entfremdet wahrnehme. Wer ist dieser Mann? Hat der Traum die Wahrheit gesagt? Habe ich Emil schon aufgegeben, zurückgegeben an die tröstende Hand seiner Frau, in die Sicherheit einer alten Gewohnheit, in der es keine Leidenschaft, aber auch keine Schmerzen gibt?

Ich sitze mit drei schwangeren Frauen im Wartezimmer meiner Frauenärztin. Die eine von ihnen muss mindestens schon im achten Monat sein, ihr Bauch wölbt sich mächtig unter ihrem knappen Pullover, und allem Anschein nach fällt ihr das Sitzen schwer. Bestimmt kommt sie vor mir an die Reihe, obwohl ich einen festen Termin habe. Die andere sitzt mir gegenüber neben ihrem Freund oder Mann, die beiden sind noch sehr jung, ich schätze zweiundzwanzig Jahre alt. Er hält ihre Hand umklammert und ihr Gesichtsausdruck zeigt keine Vorfreude: vielleicht ist sie ungewollt schwanger geworden und weiß nun nicht, wie ihr Leben mit einem Kind aussehen und was mit ihrer bisherigen Freiheit geschehen wird? Vielleicht fehlt den beiden auch das nötige Geld für die Erstausstattung, die so ein kleines Baby braucht?

Für mich das geringste Problem. Mein Kind wird den schönsten und teuersten Wickeltisch bekommen, die wunderbarste Wiege, das allerkomfortabelste Kinderbett, die schadstofffreiesten Strampler, den neuesten Sterilisator für die Fläschchen. Ich werde diese Ausgaben nicht mit

Emil zu besprechen haben, es ist mein selbstverdientes Geld, mit dem ich dafür bezahlen werde.

Die dritte Frau sitzt direkt neben mir und streicht sich unentwegt zärtlich über die winzige Wölbung ihres Bauches. In welchem Monat ihrer Schwangerschaft mag sie sich befinden? Vielleicht Ende vierter Monat? Bei mir ist noch rein gar nichts zu sehen.

Nachdem die Hochschwangere vor mir aufgerufen wird und fünfzehn Minuten später stolz und mütterlich wieder aus dem Untersuchungszimmer heraustritt, wird mein Name genannt; jetzt wird mir bang und drei Frauen schauen mir nach, wer weiß, was die jetzt über mich denken?

Meine Frauenärztin kenne ich schon seit dreizehn Jahren. Die Vorsorgeuntersuchungen habe ich ausschließlich bei ihr gemacht bis auf einmal, als sie wegen Krankheit längere Zeit ihre Praxis geschlossen hatte. Ich habe nie erfahren, weshalb, habe auch nicht neugierig sein wollen. Als sie damals ihre Sprechstunde wieder aufnahm, war ihr absolut nichts anzumerken gewesen, sie hatte etwas abgenommen gehabt, aber das habe ich mir auch einbilden können.

Freundlich bittet sie mich, sich ihr gegenüber zu setzen für ein kleines Vorgespräch, so wie immer.

„Was machen wir heute, die normale Vorsorge oder auch einen Abstrich?“ fragt sie mit dem Blick auf meine Patientenkartei. Sie hatte mich nie etwas Privates gefragt, sie weiß nur, dass ich seit einigen Jahren keine Pille mehr nehme. Nie brachte ich die Sprache auf meinen Kinderwunsch.

Jetzt bin ich achtunddreißig Jahre alt, mit Sicherheit

rechnet sie nicht mit dem, was ich ihr gleich offenbaren werde.

„Ich weiß nicht genau, aber meine Periode ist seit einigen Wochen über der Zeit und ich habe einen Schwangerschaftstest aus der Apotheke gemacht, der positiv war."

Es ist mir unmöglich, der Frau, die ich so lange kenne, in die Augen zu sehen und da ich aber nicht weiß, wo ich sonst hinsehen soll, nehme ich meine Tasche vom Schoß und stelle sie umständlich auf den Boden neben mich. Natürlich gebe ich damit auch meiner Ärztin die Möglichkeit, mich kurz mit einem Blick zu streifen, den ich nicht sehen will. Ob ihr aufgefallen ist, dass ich eher unsicher als hocherfreut wirke?

„Ja, machen Sie sich bitte frei und setzen sich auf den Stuhl, dann schauen wir einmal! Ich werde einen Ultraschall machen, damit wir über ihren Zustand Gewissheit bekommen."

Gewissheit darüber, ob es mir tatsächlich noch gelungen war, in letzter Minute.

Die Ärztin setzt sich neben mich, verteilt das Gleitgel auf meinem Bauch und führt den Ultraschallstab ein. Ich starre mit ihr auf den Bildschirm des Computers, wohl wissend, dass in meinem Leben gleich nichts mehr so sein wird wie zuvor. Plötzlich drückt sie den Stab in meiner Vagina etwas zur Seite, klickt eine Stelle an und da habe ich es auch schon in dem grauen Einerlei meiner Gebärmutter gesehen: ein winziger dunkler Fleck in einer klar umrissenen Höhle.

„Sehen Sie hier, das ist die Schwangerschaft," sagt meine

Ärztin ganz ungerührt. „Und hier können sie sehen, hier schlägt das kleine Herzchen schon."

Poch poch poch, ich höre und ich sehe es, da schlägt tatsächlich ein zweites Herz in mir, ich bin zwei, was für ein unbeschreibliches Gefühl! Ich kann nichts sagen, starre wie hypnotisiert auf „meine Schwangerschaft"; es ist ja noch kein Kind, kleiner als ein Kirschkern, ein Klumpen, und doch ist da ein Herz, das unabhängig von meinem Zutun in mir schlägt. Noch nie habe ich so etwas Wunderbares, Unglaubliches gesehen, und es ist in mir: aus Emil und mir soll ein kleiner Mensch entstehen!

„Sie sind Ende der sechsten Schwangerschaftswoche, alles sieht gut und korrekt aus", höre ich wie von weitem die Stimme des Engels neben mir, der mir die gute Mär überbracht hat.

Ich bin also schon Mitte des zweiten Monats! „Sie können sich jetzt wieder anziehen."

Ich habe gar nicht bemerkt, dass sie mir meinen Bauch mit einem Papiertuch abgewischt hat, lasse mir aber meine Aufregung nicht anmerken, auch meine unbändige Freude nicht.

„Danke schön", höre ich mich sagen, steige vom Untersuchungsstuhl herab, ziehe mich an und setze mich meiner Ärztin gegenüber zum kurzen Gespräch. Worüber werden wir sprechen? Natürlich wird sie mich jetzt nicht nach dem Vater des Kindes fragen, oder doch? Aber welche Rolle spielt das in so einem Moment? Nun, in so einem Moment ist der Vater oder der Erzeuger normalerweise dabei, umarmt die Mutter seines werdenden Kindes mit einem seligen Lächeln, wenn auch etwas bleich im Gesicht vom Betrachten des Ultraschalls und des Anhörens des geheimnisvollen Herzschlages aus den Tiefen seiner Frau, und hält sich ansonsten mit Kommentaren völlig zurück. Frauensache der Rest.

Meine Ärztin fragt mich jedoch nichts dergleichen. Nicht, ob ich zwischenzeitlich geheiratet habe, nicht, wie ich in Zukunft Kind und Beruf vereinen werde, nicht, ob es ein Wunschkind oder eher ein unerwartetes Ereignis war. Lediglich dieser Blick, der eine Sekunde länger auf mir verweilt, könnte als eine zurückhaltende Aufforderung verstanden werden, vielleicht noch etwas dazu zu sagen; aber ich tue so, als hätte ich nichts wahrgenommen.

„Gut, wenn nichts Besonderes eintritt, zum Beispiel Blutungen oder plötzliche Unterleibsschmerzen, dann sehen wir uns Ende des dritten Monats wieder, dann stelle ich Ihnen auch Ihren Mutterpass aus."

Ein freundliches Lächeln gegenseitig, ein fester Händedruck, ein herzliches Dankeschön meinerseits, dann schließe ich hinter mir die Türe des Behandlungszimmers und wandle wie von Gottes Hand gesegnet quer durch das Wartezimmer Richtung Ausgangstüre.

In der Zwischenzeit befinden sich drei weitere Frauen auf den Stühlen, die mir unauffällig neugierig ins Gesicht sehen, in mein lächelndes Gesicht. Auch im Auto auf dem Heimweg lächle ich nach links und nach rechts, ich könnte die ganze Welt umarmen, ich bin schwanger, ich bekomme ein Kind, lieber Gott, ich danke dir.

Zuhause gehe ich sofort an den Briefkasten und schaue nach. Etwas Blaues leuchtet mir entgegen: das ist das Briefpapier von Emil, das er auch für seinen ersten Liebesbrief an mich benutzte, zwei Tage nach unserem Kennenlernen; darin schrieb er, dass ich ihn an ein blühendes Mohnfeld erinnern würde, und dass er mich so schnell wie möglich wiedersehen wolle. Er war es, der mich zu einem heimlichen Stelldichein einlud. Damals spürte ich sofort, dass dieser Brief mein Leben grundlegend verändern würde.

Wir hatten uns dann am Wochenende darauf am Ufer eines Flusses verabredet und ich hatte Schwierigkeiten, die versteckte Stelle hinter einem kleinen Hügel zu finden, so aufgeregt war ich. Sobald ich vor ihm stand, floss alles an und in mir diesem Mann entgegen: ich hätte mich mit ihm sofort hinter die Büsche geschlagen, aber Emil blieb bei diesem ersten heimlichen Treffen in dieser Hinsicht zurückhaltend. Er wollte sich mit mir bei einem Spaziergang entlang des Flusses unterhalten; das heißt, er wollte mehr über mich erfahren.

Also erzählte ich ihm Dinge, von denen ich annahm, dass sie ein besonders gutes Licht auf mich warfen. Es imponierte ihm, dass ich eine eigene Praxis betrieb, seine Frau sei immer nur zu Hause gewesen, habe aber mit Akribie den Haushalt geführt. Nicht, dass ich ihn ausgefragt hätte, er erzählte von ganz alleine auch Dinge über sich. So erfuhr ich, dass Emil Beamter ist, nämlich stellvertretender Schulleiter eines Gymnasiums. Unterrichtsfächer: Kunsterziehung und Geschichte.

Wir waren noch nicht lange gegangen, da erfuhr ich weiterhin, dass er seit fünfundzwanzig Jahren verheiratet ist und seit etwa zehn Jahren mit einer Künstlerin nebenher etwas am Laufen habe; dass diese Künstlerin ihn gerne heiraten würde und immer ärgerlicher werde, weil er sich nie dazu entschließen konnte und es jetzt – ehrlich gesagt – auch nicht mehr wolle.

Dabei lächelte Emil triumphierend. Ich selbst tat so, als berühre mich seine Geschichte gefühlsmäßig überhaupt nicht. Aber in Wahrheit war ich sehr irritiert: ist Emil ein notorischer Fremdgänger? Ich musste mich schützen. Ich mochte solches Verhalten bei Männern nicht, ich bin ihm auch nicht gewachsen. Hatte mich mein erster Eindruck getäuscht? Was will er von mir?

Tatsache ist, dass es zwischen uns gewaltig knisterte; wenn wir einander zufällig berührten, durchfuhr es mich wie ein Stromschlag und ich bin sicher, dass auch er dies spürte. Als wir uns nach dem Spaziergang voneinander verabschiedeten, umarmten und küssten wir uns: kein Zweifel, wir hatten uns beide verliebt und waren nun ziemlich ratlos, wie es weitergehen sollte.

Schon am nächsten Tag rief mich Emil an: „Wann kann ich dich wiedersehen?" fragte er mich zärtlich und drängend. Den Sonntag wollte ich mir vorerst noch für meine Mutter freihalten, aber da hätte Emil sowieso keine Zeit, da unternimmt er etwas mit seiner Frau, trifft sich mit Verwandten oder besucht seine Tochter, die ja gerade flügge geworden war.

Ganz am Anfang unserer Liebesgeschichte sah ich mich noch nicht als Teil seiner Alltagswelt. Mich interessierte es damals nicht, wer ihm kochte und wer seine schmutzige Wäsche wusch. Es interessierte mich jedoch sehr, ihn in meinen Armen zu halten. Und wie ich die Künstlerin so schnell wie möglich aus dem Feld schlagen könnte. Dabei hatte ich zweifellos schon ein großes Ass im Ärmel: nämlich meine finanzielle Unabhängigkeit. Ich muss nicht heiraten, um versorgt zu werden. Die brotlose Künstlerin jedoch schon.

Natürlich hat diese meine Unabhängigkeit auch Nachteile: sie hat mich nämlich dazu gebracht, immer mehr geben zu wollen, als ich zu nehmen wagte. Auch dazu, dass es mir äußerst schwer fällt, um etwas zu bitten. Ebenso lässt sie die Frage offen, ob andere mich um meiner selbst willen lieben könnten.

Meine Mutter bei Laune zu halten und meinem Vater zu gefallen, empfand ich nämlich immer als ziemlich harte Arbeit: mit steter Mühe zusammengesammelte Zuneigung, die bei der geringsten Nachlässigkeit wieder aufgebraucht war. Dasselbe bei meinen früheren Beziehungen: war es nicht ich, die immer geben, sich anstrengen, gut rüberkommen wollte? Binde ich mir nicht eilends die Schürze um, wenn ein Geliebter andeutet, er habe heute noch nichts gegessen?

Da fällt mir ein, dass mein Vater mir einmal zum Geburtstag ein Kochbuch schenkte, in welches er folgende Widmung geschrieben hatte: „Liebe Tochter, merke dir für dein ganzes Leben, dass Liebe durch den Magen geht!" Das war nicht witzig gemeint, denn wenn mein Vater – was ganz selten vorkam – ein paar persönliche Worte an mich richtete, so dienten sie immer als Lehre fürs Leben, fürs Leben einer Frau.

Mit zitternden Händen öffne ich den hellblauen Briefumschlag. Diese Zeilen kommen von weit her, aus einem fernen Land.

Meine Geliebte, mein Alles, meine Lisette,
ich kann nicht in Worten ausdrücken, wie sehr du mir fehlst. Jeden Tag schaue ich auf den Kalender und zähle die verbleibenden Tage, bis ich dich wieder in meine Arme schließen kann. Obwohl es sehr schön ist hier, eine wunderbare Landschaft, interessante historische Denkmäler, herrlichstes Wetter und das schmackhafteste Essen, das du dir vorstellen kannst.
Wir machen lange Ausflüge in die Berge, ganz schön anstrengend, aber lohnend, ach, wenn du nur bei mir sein könntest und das alles mit mir genießen! Und mache dir keine Gedanken: unsere Betten im Hotel stehen weit auseinander, ich kann, nachdem ich dich kennengelernt habe, meine Frau nicht mehr berühren, auch wenn es schwierig ist, ihren hilflosen Annäherungsversuchen auszuweichen und immer neue Ausreden zu erfinden.
Ich liebe dich von Herzen und träume jede Nacht von dir, sehr schöne Träume, und beim Aufwachen, wenn du dann nicht neben mir liegst, fliehe ich schnellstens aus dem Zimmer. Die schöne Umgebung hilft mir ein wenig über die Tage ohne dich hinweg, die Welt hat doch wunderschöne Fleckchen zu bieten; heute haben wir uns nach dem sehr ausgiebigen Frühstück (viel reifes saftiges Obst, schmackhafter Schinken, frischester Fisch) einen Besuch in einem alten Fischerdorf vorgenommen – dort soll eine sehr alte Kirche stehen, in der noch Wandmalereien zu sehen sind. Darauf freue ich mich. Ich küsse dich innigst, dein Emil.
P.S. Bitte warte auf mich!

Wie geht es mir jetzt? Dass Emil seine Ehefrau nicht mehr anrührt, will ich gerne glauben. Aber die Vorstellung, dass die beiden zusammen auf einer kleinen Bank in der Dorfkirche nebeneinander sitzen könnten und die Frau sich oder den lieben Gott fragt, weshalb ihr Mann so offensichtlich auf körperlichen Abstand zu ihr geht: das wühlt mich auf. Wie gelingt es Emil, vor seiner Frau so viele Geheimnisse zu bewahren, sprich, sie anzulügen? Ist seine Frau womöglich seine geheime Helferin, indem sie schweigt? Stellt sie ihm aus Angst keine Fragen und lügt Emil sie aus Rücksicht oder aus Feigheit an? Wer erklärt mir, aus welchen Gründen eine solche Ehe noch eine Ehe ist? Ich habe kein Recht auf solche Fragen. Denn was weiß ich denn schon von solchen Dingen.

Bald ist Emil wieder zurück, dann muss ich wissen, was ich will. Oder genauer gesagt, ich muss mehr Gewissheit darüber haben, was er will.

Ausnahmsweise besuche ich meine Mutter heute einmal unter der Woche. Ich brauche jemandem zum Reden. Anders reden als mit einer Freundin. Familiär reden. Ich würde gerne über meine Schwangerschaft sprechen. Mein Glück teilen, in Gesichter schauen, die sich mit mir freuen, herzlichen Glückwunsch sagen und mich vielleicht sogar dabei in den Arm nehmen.

Schlüssel ins Schloss und fröhlich „Hallo Mutti" gerufen. Überrascht blickt eine am Küchentisch sitzende, über ihre Zeitung gebeugte Frau auf und sofort werde ich überschwemmt von Mitleid. Frau Dornbusch hat sich nicht herausgeputzt, sie dachte, diesen Tag würde sie in Einsamkeit verbringen, fernab aller Vergleiche und Wertungen.

Am liebsten würde ich jetzt zu ihr hineilen, sie fest in den Arm nehmen, sie wiegen und ihr versichern, dass ich immer für sie da sein werde und dass wir ja alle im Grunde unserer Herzen allein sind. Aber soviel offene Hinwendung ist mir einfach unmöglich. Weil mich etwas, das ich nicht benennen kann, bremst, zurückhält, ja abstößt sogar, als wären meine Mutter und ich die Pole zweier Magneten. Wir weichen nach links und nach rechts aus, wehren uns kraftvoll gegen jede Berührung. Es ist uns nicht eine einzige Sekunde lang je gelungen, diese unergründliche Abstoßung zu überwinden.

„Wie geht es dir?" frage ich mit beschwingter Stimme. Mutter reagiert gereizt: „Mir geht es gar nicht gut, der Schwindel im Kopf ist heute wieder ganz schlimm, ich traue mich kaum, aufzustehen, habe Angst, ich könnte fallen!"

Ja, Mutter, dein Schwindel im Kopf. Hinter deiner Biographie verbirgt sich allerhand Schwindel, viel Verleugnung. Du weißt – wir beide wissen – wie oft der Vater bei anderen Frauen gelegen hatte. Alle immer viel jünger als du. Vor seinem Tod waren sie am Ende sogar jünger als ich, eure eigene Tochter. Er nahm sie mit auf ausgedehnte „Weltreisen", nach Ägypten, nach Israel, über alle Weltmeere hinweg, und du hast dann auf den Fotos (Vater fotografierte gern und viel), die er uns nach seiner Heimkehr als Diapositive vorführte, im Rückspiegel seines Mercedes-Benz 280 SL (er ließ ihn überall mit hinverschiffen) die rotblonden Haare einer Frau entdeckt: die hatte Vater beim Sortieren übersehen.

Ich erinnere mich mit Schrecken, liebe Mutter, an das dunkle Vorführzimmer, ich musste still und aufmerksam sitzen und schauen und hatte oft den Casus Belli schon eine Sekunde vor dir entdeckt.

Oder die Sache mit seinem Koffer, den du für ihn ausgepackt hattest, da hatte sich einmal ein Kleidungsstück von so einem Flittchen verirrt, oh je, ich war etwa dreizehn Jahre alt, da war vielleicht dicke Luft zwischen euch! Beim gemeinsamen Mittagessen hypnotisierte ich die Wanduhr mit den schwarzen Spinnenarmen mit der Absicht, die Zeit voranzutreiben. Am Tisch herrschte eisiges Schweigen und ich hielt meinen Kopf tief über meinen Teller gebeugt, in der Hoffnung, dass mich die Wut des einen oder das schlechte Gewissen des anderen nicht treffen möge, denn das konnte sehr leicht geschehen.

Es gab eine Zeit in meiner Kindheit, ich muss so um die zehn Jahre alt gewesen sein, da beschlichen mich ernsthafte Zweifel, ob ich auch wirklich das leibliche Kind meiner Eltern sei oder ob sie mich vielleicht adoptiert hatten und sich nun an mir störten, weil sie wegen mir gezwungen waren, ihre Ehe aufrecht zu erhalten. Quälende Zweifel, ob ich für meine Eltern wirklich ein Kind der Liebe war oder ob Mutter diesen Grund meines Daseins nur erfand, um sich an dieser Vorstellung immer wieder selbst aufzurichten. Sie hätte Vater trotz allem nie verlassen, denn er hatte ja immer gut für sie gesorgt. Es steht mir auch nicht zu, über meine Eltern zu urteilen, wir glauben ja alle nur zu gerne, was wir wahrhaben wollen.

In diesem Zusammenhang kommt mir in den Sinn, wie ich vor einiger Zeit in einem Kaffeehaus mit einer unbekannten Frau ins Gespräch kam, wir teilten uns einen Tisch.

Das Herz ging ihr über in jener Stunde. Ihr Mann hatte sich von einem Tag auf den anderen von ihr getrennt. Sei abends heimgekommen, hätte ein paar Sachen zusammengepackt und gesagt: „Ich verlasse dich, ich liebe schon seit längerem eine andere Frau (um Jahre jünger als sie) und möchte von nun an mit ihr leben."

Sprach's und zog leise die Haustüre zwischen sich und ihr zu.

Jene bemitleidenswerte Frau versicherte mir glaubhaft, sie habe nicht die leiseste Ahnung gehabt, dass ihr Mann eine Geliebte hatte. Das brachte mich sehr ins Grübeln über die Sache mit der Wahrheit und den Selbstlügen. Was mich selbst betrifft, so bilde ich mir ein, dass mir die Fähigkeit zum Ausblenden von Tatsachen, die sich gegen meine Würde richten, weitgehend fehlt: wahrscheinlich gehe ich deshalb mit einer angestrengten Aufmerksamkeit durchs Leben. Als stünde ein innerer Wächter vor meiner Fröhlichkeit oder meinen Hoffnungen, der aufpasst, dass ich mir nichts vormache, dass ich mir ja nichts schön rede.

Das ist natürlich, wen wundert es, kein wirklich entspanntes Dasein.

Liebt Emil mich? Jetzt, in diesem Moment, da er mit seiner Ehefrau im Sonnenuntergang ein Glas Wein trinkt?

„Weshalb kommst du heute, brauchst du irgendetwas?" fragt meine Mutter immer, wenn ich außerhalb der Reihe komme, also nicht sonntags.

„Nein." Meine Stimme klingt etwas abweisend, verletzt, denn weshalb ist sie denn der Meinung, dass ich nur deshalb nach ihr schaue, weil ich etwas brauchen könnte und nicht einfach so, um mich zu erkundigen wie es ihr geht? Weil es wahr ist.

Eigentlich bräuchte ich dringend etwas von ihr, nur leider nicht das, was sie als einziges mir zu geben fähig ist, sprich ein wenig Geld oder ein Schmuckstück.

Unruhig gehe ich in ihrer Küche hin und her, als suchte ich nach etwas.

„Weshalb setzt du dich denn nicht?“ fragt auch sogleich meine Mutter ungeduldig. Ihre Zuneigung zu mir zeigte sich nie langmütig und freundlich.

„Was suchst du denn?“

Ich suche den richtigen Einstieg, Mutter, ich suche die richtigen Worte, um dir mitzuteilen, dass ich, wie du damals, von einem verheirateten Mann schwanger bin, dass ich das kleine Herzchen in mir schlagen sah, dass du dich vielleicht, wenn ich großes Glück habe, darüber freust, dass du mir Mut zusprichst und mir Kraft gibst.

Aber Mutter denkt nicht daran, mir zu helfen. Mit keinem Wort erwähnt sie unser letztes Gespräch, als hätte sie nicht genug Fragen auf Lager, ich kenne sie doch, sie tut so, als hätte sie nie etwas über Emil erfahren; dabei wette ich, dass sie nächtelang an nichts anderes denken konnte. Nicht aus Zurückhaltung oder um nicht neugierig zu erscheinen, fragt sie nicht, sondern um mich zappeln zu lassen vor ihrem Angesicht wie ein Fisch an der Angel.

Denn Mutter weiß, dass ich ihren Segen möchte. Immer noch. Deshalb hat sie Zeit.

„Ich war gestern bei meiner Frauenärztin und sie hat festgestellt, dass ich schwanger bin.“ Wie war mein Ton? So beiläufig wie möglich; es wurde festgestellt, es ist nicht meine Schuld. Kein bisschen Freude in meinen Worten, keinerlei Sorge, null Erregung, nichts als eine bloße Feststellung.

Dennoch schlägt meine Mutter beide Hände vors Gesicht, senkt ihren Kopf unnatürlich Richtung Tisch, so dass ich kurz die Befürchtung hege, sie will ihn aufschlagen lassen. Dabei entweicht ihrem Mund ein hohes, schrilles „Huuuuuuu!"

Erste mögliche Interpretation der Szene: meine Mutter ist entsetzt über die Dramatik meines Schicksals, das nun so sehr ihrem eigenen zu gleichen droht, und beklagt mein Unglück.

Zweite Möglichkeit: Meine Mutter bejammert laut meine Dummheit, die Blödheit ihrer Tochter, die sich einbildet, von diesem verheirateten Mann geliebt zu werden und sich auch noch schwängern lässt von ihm; und in Folge als verbitterte Alleinerziehende mit ihr am Kaffeetisch sitzen wird. Eine ungeliebte, sitzengelassene Frau mit einem Kind.

Dritte Möglichkeit: Meine Mutter ahnt die Bedrohung unserer symbiotischen Beziehung durch die in mir aufkeimende Konkurrenz, mit der sie unter Umständen in Zukunft die Aufmerksamkeit ihrer Tochter zu teilen gezwungen sein würde. Mehr fällt mir jetzt zu diesem Aufschrei nicht ein, jedenfalls kann ich keinen Funken Freude oder Begeisterung oder Milde aus der Reaktion meiner Mutter herauslesen.

„Was ist denn?" frage ich mit heiserer Stimme, der ich auch etwas Vorwurfsvolles beimische.

Meine Mutter hebt mühsam den Kopf, zieht ihre Hände vor den Augen zurück und starrt mich mit geöffnetem Mund an.

Was habe ich getan, durchfährt es mich, welcher Schuld bin ich angeklagt?

„Du wirst das doch nicht etwa behalten wollen?“ stößt meine Mutter mit schwindender Lebenskraft hervor und presst nun beide Hände an ihre Schläfen, als habe sie Angst, ihren Verstand zu verlieren.

Welches „das“? Das pulsierende Ding in meiner Gebärmutter? Das ich mir hinterhältig von Emil erschwindelt habe oder das er mir hinterlistig reingeschmuggelt hat? Auf jeden Fall etwas, das offensichtlich wieder weg muss. Ab jetzt werde ich kleinlaut.

„Hast du denn nicht aufgepasst … ich dachte, du nimmst die Pille?“ (Mutter, die nehme ich schon eine ganze Weile nicht mehr, ich habe immer gehofft, doch noch schwanger zu werden, und jetzt ist das Wunder geschehen).

Da ich zu lange schweige, holt Mutter Luft:

„Was glaubst du denn, was dieser Emil und seine Frau dazu sagen werden, der will doch seine Familie nicht aufs Spiel setzen, der hat doch schon ein Kind, was meinst du denn, was du denen für einen Kummer bereitest?“

Es ist soweit, ich verwandle mich in eine Schlange.

„Aber du hast mich doch damals auch gewollt, oder nicht?“ fragt meine leise, fast weinerliche Stimme.

„Ja, aber erst, als dein Vater mir liebevoll versicherte, dass er sich nichts sehnlicher wünschte als ein gemeinsames Kind mit mir. Und dass er sich dann von seiner Frau scheiden lassen würde und wir eine Familie gründen würden.“

Ich, krächzend: „Emil wird sich auch von seiner Frau trennen und wird mit mir leben, er sagt es mir immer wieder und ich glaube ihm.“

Meine Mutter starrt mich an, als hätte ich gerade darauf bestanden, dass der Mond schon immer grün gewesen sei. „Weiß den dieser Emil schon davon?“

Und jetzt kommen meine beiden schwierigsten Worte: „Noch nicht.“

Doch meiner Mutter scheinen genau sie neue Hoffnung zu geben, sie meint, dann sei es ja noch nicht zu spät.

Ich stehe auf. Halte es nicht mehr auf meinem Stuhl ihr gegenüber aus. Gehe an ihren Kühlschrank und schaue hinein, versuche mich zu beruhigen, aber die Stimmung zwischen uns ist vergiftet. Ich hatte es kommen sehen. Das Wort Selbstverletzung kommt mir in den Sinn. Bin ich in einer Beziehung zu meiner Mutter gefangen, in der die eine sich an der anderen wund reibt? Mutter erträgt mein Glück nicht, auch nicht meinen Erfolg, sie konnte es einfach nicht zulassen, immer war sie die Schönere, die Intelligentere, die Praktischere, die Fleißigere, diejenige, die mehr liebte und ganz selbstlos geliebt wurde.

Nicht einmal mit inzwischen achtunddreißig Jahren habe ich es geschafft, aus ihrem Schatten zu treten. Meine Schultern bleiben hochgezogen in ihrer Nähe. So und nur so duldet sie mich. Dort, hinter sich.

Lediglich, wenn ich es nicht höre, gibt sie manchmal mit ihrer Tochter, der Frau Doktor an. „Meine Tochter hat eine eigene Praxis! Sie muss schon sehr viel arbeiten, na ja, sie ist ja auch noch jung, da macht einem das nichts aus.“

„Musst du schon gehen?“

Die Stimme aus der Küche klingt jetzt etwas gemäßigter, wenn auch bebend vor ungestellten Fragen, deren Antworten sie sich heute nacht selbst geben wird.

„Ja, ich habe morgen wieder einen harten Tag vor mir!"

Das sage ich mit Betonung, denn das ist meine Rüstung: Mein Leben dreht sich nicht nur um ein Kind oder um den Haushalt, ich opfere meine Kraft und mein Können vielen Menschen. Das gibt mir inneren Halt.

Mutter: „Du arbeitest zuviel, das hast du doch gar nicht nötig, mache doch langsamer!" Sie weiß einfach nicht, was ich tue.

„Könnte dich dieser Emil überhaupt ernähren?" murmelt meine Mutter vor sich hin, aber ich habe es sehr wohl gehört. Denn ein Mann, der seine Frau und Familie nicht ernähren kann, ist ein dahergelaufener Nichtsnutz, nicht der Rede wert.

„Er ernährt seine Frau und Tochter, soviel ich weiß", gifte ich zurück.

„Na, da hast du aber viel davon!"

Wir sind wieder quitt. Mutter hat mich gezwungen, für Emil genau die Lanze zu brechen, die mich am meisten demütigt: Emil als treusorgenden Familienvater auszugeben, damit er in den Augen meiner Mutter zu einem Mann wird, welcher der Rede wert ist – und sie ihrer Tochter die Rolle der Schlange zuschreiben kann. Ich gehe lieber jetzt auf der Stelle. „Tschüss Mutti", winke ich von weitem, „wir sehen uns am Sonntag wieder."

Kaum habe ich ihre Wohnungstüre hinter mir zugemacht, überfällt mich eine gefährliche Traurigkeit. Ich werde einen Brief an Emil schreiben. Er wird postlagernd auf ihn warten bei seiner Rückkehr.

Lieber Emil,
wenn du diese Zeilen liest, bist du wieder daheim. Daheim ist nicht bei mir, daheim ist bei deiner Familie, in deinem Ehebett, an eurem Esstisch und neben deiner Frau morgens im Bad. Unser beider Vertrautheit und Nähe wird wieder begrenzt sein auf ein paar versteckte Stunden: unter einem Mantel von Lügen und Ausreden, den du dir überwirfst. Ich bin frei, dich zu lieben, ich belüge niemanden, tue niemandem weh. So dachte ich jedenfalls. Aber als du nun mit deiner Frau im Urlaub warst, wurde mir klar, dass dies eine selbstschützende Illusion ist. Ich bin genauso wenig frei wie du, obgleich nicht wie du gebunden an einen anderen Menschen. Denn sie, deine Frau und deine Tochter, sitzen lauernd zwischen uns, während du mühsam versuchst, es nach beiden Seiten hin recht zu machen. Du musst mich und deine Familie bei Laune halten.
Für viele bedeutet „nach Hause kommen" nicht unbedingt Glück oder das Vorfinden von Liebe. Aber es kann sehr wohl Sicherheit und Vertrautheit bedeuten. Zuhause wartet die Gewohnheit, das Verlässliche auf uns, wenn wir müde heimkehren aus einer eher feindseligen Welt. Es sind die kleinen Dinge: du freust dich vielleicht auf deine abgewetzten Holzbrettchen, auf dem dir deine Frau den Südtiroler Bauernspeck fein geschnitten serviert. Dein Platz auf dem Sofa, auf dem ihr, nachdem sie die Küche aufgeräumt hat, zusammen die Abendnachrichten anschaut und du ab und zu einen Kommentar dazu abgibst, dem sie immer zustimmt. Manchmal streichelst du auch kurz über ihren Arm, mechanische Zärtlichkeiten in einer Ehe, der du zwar insgeheim wenig

Chancen einräumst, aber dennoch in der Frau die Hoffnung aufrecht erhältst „über den Berg" zu sein.

Auch ich habe meinen Lebensrhythmus, meine kleine Inseln, auf die ich mich nach einem langen Arbeitstag wohlig und müde zurückziehe, wenn mir auch gelegentlich die Nähe eines geliebten Menschen fehlt, jemand, dem ich etwas erzählen kann.

Ich vermisse es noch mehr, seit ich dich kenne. Meine Sehnsucht hat jetzt einen Namen und deinen Geruch. Wenn ich morgens allein erwache, sehen mich zuerst deine hellblauen Augen an, mit diesem speziellen Blick, der mich komplett einhüllt mit deiner lächelnden Zustimmung; noch nie hat mich vorher ein Mann so angesehen.

Und wenn du mich dann berührst mit deinen feinen, langgliedrigen Fingern, tastend die Linien meines Körpers entlangfährst wie ein Künstler, der eine Form skizziert, dann weiß ich, dass wir beide zusammen leben könnten. Aber wirst du genügend Mut aufbringen, deine festgefahrenen Gewohnheiten aufzugeben, wirst du dich mit mir auf einen neuen, unbekannten Weg begeben, an dessen Beginn nichts als die Unberechenbarkeit der Liebe steht? ...

Ich lege meinen Stift weg und lehne mich zurück.

Weshalb schreibe ich nichts über meine Enttäuschung und Empörung darüber, dass er mit seiner Frau in den Urlaub gefahren ist, diese Frau mit einer Künstlerin jahrelang hintergangen hat und sie nun auch mit mir belügt? Weshalb warne ich ihn nicht, dass ich das nicht lange dulden werde, weil ich sonst Gefahr laufe, meine Liebe und meinen Respekt vor ihm zu verlieren? Aus welchem Grund gebe ich vor, geduldig, verständig, überlegen, überhaupt nicht eifersüchtig und stark wie eine alte Eiche zu sein?

Weil ich mir eine Türe offenhalten möchte, aus der ich fliehen kann, bevor ich meine wichtigsten Werte verrate an meine Bedürftigkeit nach Angenommensein. Was dabei jedoch neu ist für mich: Ich habe ein undeutliches Vorgefühl, dass Emil derjenige sein könnte, der mich lehrt, zu vertrauen und meinerseits zu lieben.

Ich schreibe weiter:

> … Aber, Lieber, glaube nicht, dass ich hinter all meiner gezeigten Stärke nicht auch verwundbar bin. Es schmerzt, wenn du unachtsam einen Satz beginnst mit „meine Frau …" anstatt nur ihren Namen zu nennen. „Meine Frau …" fühlt sich aus deinem Mund an wie ein Peitschenhieb, der mir die Seele aus dem Leib fetzt. Du sagst es aus Gewohnheit, ich weiß, aber Gewohnheit ist unter Umständen mächtiger als Leidenschaft …

Wieder lehne ich mich zurück. Das ist gesagt. Ich will von Emil nicht mehr wahrgenommen werden als die Frau mit der Elefantenhaut, nur weil ich meine Wunden im Geheimen lecke. Mir wäre wichtig, dass er sich bewusst wird, wie sehr seine Unachtsamkeit mich verletzt und verunsichert. Ich will im Innersten von ihm gesehen werden. Wie kann er nach einer Nacht mit mir von „seiner Frau" sprechen? Mir die Vorstellung zumuten, wie die beiden gerade ihren Koffer für die morgige Heimreise packen, er ihr ins Bad hinterherruft, wo denn seine dritte Badehose sei und sie natürlich sofort weiß, wo? Wie kann er mir solche Bilder abverlangen?

Ich muss Geduld haben. Ich trage Emils Kind in mir, er weiß es nicht. Wir stehen nicht am selben Punkt unserer Beziehung. Ich war zu schnell.

Weiterschreiben:

> … Komm schnell, jeder Tag , den du nicht erreichbar für mich bist, fühlt sich an wie ein Tag, an dem du mich allein lässt, obgleich du es nicht müsstest. Dann kommt mir jegliche Definition für unsere Beziehung abhanden. Vielleicht meinst du, das braucht unsere Liebe nicht. Doch, Lieber, jede Beziehung braucht einen Namen, wir müssen beide darüber nachdenken, welchen wir der Unseren geben wollen und dann sehen, ob er uns beiden gefällt.
>
> Ich für meinen Teil stehe in Flammen und erwarte dich mit weit geöffneten Armen am Tor zu einem gemeinsamen Leben: Klatschmohn und Sonnenblumen säumen unseren Weg, kannst du es sehen, Lieber? …

War das jetzt zu romantisch, überlege ich kurz, und überfliege den letzten Absatz noch einmal. Habe ich hinter den blumenbekränzten Worten genügend deutlich gemacht, dass er nicht zwei Leben gleichzeitig haben kann? Zumal ich ihm mein wertvollstes Geschenk zu Füßen legen werde: unser Kind der Liebe. Wird Emil sich freuen darüber? Und wäre seine Freude nicht der sicherste Beweis seiner Liebe zu mir?

„Auf jeden Fall!“, höre ich im Kopf meine Mutter sagen und quäle mich mit der Frage, ob es vielleicht auch noch andere Liebesbeweise geben könnte, die ich nur nicht lesen kann oder will.

Unbestritten bleibt jedoch: das Freudenfeuer in den Augen eines Mannes, welcher soeben erfahren hat, dass ihm die geliebte Frau ein Lebewesen schenkt, das zur Hälfte aus seinen und zur Hälfte aus ihren Eigenschaften besteht, kann meiner Meinung nach durch nichts übertroffen werden.

Und so bleibe ich bei meinem schwärmerischen Ton:

> ... Lieber, wenn du zurück bist, dann benutze die allererste Gelegenheit, um zu mir zu kommen, alle Kerzen werden brennen, das frische Bettlaken soll wieder nach dir duften und ich werde glühen. Ich habe eine große Neuigkeit für dich!
> Deine Lisette

Hätte ich das mit der Neuigkeit besser weglassen sollen?

Brief zu, Adresse in Schönschrift daraufgemalt und schnell zum Briefkasten. Das ist mir wichtig, dass meine Worte nicht mehr bei mir bleiben, dass ich sie nicht mehr zurückholen kann. Denn das Schreiben hat mir größere Gewissheit darüber gegeben, dass ich nicht mehr bereit sein werde, durch dieses tiefe Tal zu wandern, von dem aus ich in die Höhen seines Ehealltags blicken muss.

In der Nacht habe ich besonders tief und traumlos geschlafen. Immer, nachdem ich einen Brief an Emil auf die Post gebracht habe, werde ich innerlich ruhiger.

Dann ist er am Zug.

Ich habe gesagt, was es zu sagen gibt und ich lasse den

Worten Taten folgen: die erste ist sichtbar an dem kleinen zweiten Herzschlag in mir.

Zwei Tage später, um elf Uhr morgens, klopft meine Sekretärin an die Türe zum Behandlungszimmer. Sie hält den Telefonhörer in der Hand und deutet mir mit entschlossenen Gesten an, dass dies ein dringender Anruf sei, den sie nicht abwimmeln könne. Ich entschuldige mich bei meinem Patienten und verlasse den Raum:

„Ist dort Frau Lisette Dornbusch?"

„Ja", stammele ich irritiert, irgendetwas stimmt nicht, ist etwas mit einem Patienten?

„Hier spricht Schwester Isolde vom Karl-Ludwig -Krankenhaus, Ihre Mutter wurde gerade bei uns eingeliefert."

Mir bleibt das Herz kurz stehen, was war passiert?

„Ihre Mutter hatte beim Friseur einen Schwächeanfall, wir prüfen nun das Herz und machen ein EEG. Sie hat uns gebeten, Sie zu benachrichtigen, Sie sollten sich aber keine zu große Sorgen machen, es ginge ihr schon wieder etwas besser.

„Wie lange wird meine Mutter in der Klinik bleiben müssen?"

„Der Oberarzt meinte, dass wir sie zur Vorsicht auf jeden Fall bis morgen behalten, vielleicht auch übers Wochenende, kommt auf den Professor an, der sie sich heute noch ansehen möchte." Meine Mutter ist privat versichert, und wie ich sie kenne, hat sie sehr fordernd nach dem Chefarzt verlangt. Ich kann wieder durchatmen, alles klingt nach „schon mal dagewesen". Also in Ruhe meine Patienten weiter behandeln und ihr dann heute abend das Nötige vorbeibringen. Das ist schnell gemacht, denn meine Mutter hat „für den Fall der Fälle“ immer ein kleines Köfferchen gepackt mit allem Wichtigen darin. Ich muss nicht einmal nachsehen, brauche ihn nur bei ihr zu holen (steht im Schlafzimmer im Schrank) und ins Krankenhaus bringen.

Wir haben das schon viele Male durchgespielt.

Nach Feierabend klopfe ich vorsichtig an die Türe Nr. 234. Was erwartet mich dahinter? Ich habe noch einen Blumenstrauß besorgt und etwas Schokolade, die sie, wenn niemand zuschaut, mit Genuss verspeisen wird. Falls sie darf.

Nachdem ich umsonst auf ein „Herein“ warte, öffne ich vorsichtig die Türe und mein Blick fällt sofort auf ihr Bett, das an einem großen Fenster steht. Einzelzimmer, ganz klar. In ihrem Nachthemd vom Krankenhaus, mit einer Kanüle im Handrücken, die Haare glatt herunterhängend (die Friseuse hatte sie noch nicht eingedreht gehabt, als meine Mutter plötzlich über starken Schwindel und Übelkeit klagte und seitwärts vom Stuhl rutschte; ihre Friseuse konnte gerade noch verhindern, dass Frau Dornbusch auf den Boden fiel und hielt sie in ihren Armen wie ein Kind, bis eine Kollegin den Krankenwagen und den Notarzt gerufen hatte), kommt mir meine Mutter zerbrechlich und klein vor und da ist es wieder, mein Mitleid.

Es löst sich jedoch mit den ersten Worten aus ihrem Mund wieder in Luft auf:

„Du kommst aber spät!“

„Tut mir leid, aber ich konnte meine Patienten nicht einfach wegschicken und die Krankenschwester hat mir gesagt, dass es dir schon wieder besser ginge.“

Antwort: Schweigen. Szene: Meine Mutter wendet den Blick von mir ab und schaut mit verhangenem Blick aus dem Fenster ins Nichts.

„Was ist denn passiert?“ frage ich, Sorge heischend mit einem leicht vorwurfsvollen Unterton, als hätte meine Mutter das alles verhindern können, hätte sie nur besser auf sich aufgepasst.

„Ich weiß es nicht“, haucht meine Mutter, immer noch den Blick abgewendet, als fehle ihr jegliche Kraft zum Sprechen. Dabei weiß ich ganz genau, was sie will: Ich soll mich auf ihr Bett setzen und ihre Hand nehmen und sagen, dass ich einen Riesenschreck bekommen hätte, als ich den Anruf bekam und dass ich hoffe, dass nichts Schlimmes bei den Untersuchungen heraus käme (also nichts Lebensbedrohliches) und sie doch hier in den allerbesten Händen sei, weil der Professor Soundso, wie sie ja wisse, eine Koryphäe sei.

Und genau so mache ich es. Erst dann taut sie auf, beziehungsweise würdigt mich eines waidwunden Blickes.

Sie, ängstlich: Hoffentlich hatte ich keinen Herzinfarkt! Haben sie dein Herz schon untersucht? Ja, ich war den ganzen Nachmittag an ein EKG angeschlossen, durfte mich kaum rühren. Und, was ist dabei herausgekommen? Schweigen. Haben sie etwas darauf gesehen? Vorwurfsvolle, enttäuschte Stimme meiner Mutter: Es scheint alles in Ordnung. Ich, anspornend: Das ist doch prima, oder nicht? Schweigen. Ich, mit gespielter Sorge: Gott sei Dank ist nichts mit deinem Herzen! Sie, beleidigt: Ich weiß nicht, was war das dann heute morgen? Ich, zum nächsten Zug ausholend: Vielleicht hattest du nicht genug gegessen oder getrunken und hast einen Kreislaufkollaps gehabt?

Absolut falsche Frage, aber ich konnte sie mir nicht verkneifen. Sie: Ich nichts gegessen? Also daran lag es bestimmt nicht! Ich habe Angst, dass es ein Hirnschlag gewesen sein könnte! Ich, scheinbar einlenkend: Haben sie denn schon ein EEG gemacht, weißt du, das mit den Elektroden, die sie an deinen Kopf anschließen und die Hirnströme messen? Sie, Empörung heuchelnd: Komm, ich werde doch wissen, was ein EEG ist, ich bin doch nicht blöd!

Langsam erwachen die natürlichen Kräfte in meiner Mutter, die nach außen jedoch immer noch den sterbenden Schwan gibt.

Ich, das Spiel antreibend: Und, was haben die Aufzeichnungen ergeben, hat der Oberarzt etwas dazu gesagt? Sie, fast Frau Dornbusch: Wieso der Oberarzt, das muss sich doch zuerst der Professor ansehen, bevor man überhaupt etwas sagen kann! Ihre Stimme ist nun fast wieder die alte und ich bin mir völlig sicher, dass meiner Mutter nichts fehlt und meine Theorie mit dem Kreislaufversagen stimmt.

Frau Dornbusch kann sich nämlich gut und gerne in etwas hineinsteigern, so lange, bis es für sie wahr wird und meistens geht es dabei ausschließlich um sie selbst. Aber ich habe gelernt, damit umzugehen. Von Kindesbeinen an fiel mir nämlich eine wichtige Mitverantwortung für die Krisen und Dramen meiner Mutter zu und diese frühe Aufgabe verführte mein kindliches Gemüt zu der sicherheitsspendenden Schlussfolgerung, wichtig zu sein.

Sehr viel später machte ich mir jedoch häufig Gedanken darüber, ob jenes scheinbare Privileg nicht vielleicht der Grund für die gleichzeitig in mir aufkeimenden Schuld-

und Versagensgefühle gewesen war: ich sah es ja als meine Pflicht an, Mutter froh zu machen, es konnte demnach nur an mir liegen, wenn all meine Mühen und Opfer nicht zum Erfolg führten.

„Hast du dich vielleicht zu sehr aufgeregt, weil ich schwanger bin?“ Die Frage klebt an mir wie geronnenes Blut: Das Blut meiner Mutter, und sie erwartet Buße. Dort auf ihrem Krankenlager. Ich habe mein Haupt gesenkt und das ungeborene Leben auf ihren Altar gebettet. Hier wartet es auf den Fluch oder den Segen seiner zukünftigen Großmutter. Meine Mutter blickt auf es herab und antwortet von sehr weit oben:

„Ist schon möglich! Was machen wir denn, wenn der das Kind gar nicht will und sich nicht scheiden läßt…?“

Wir also. Meine Mutter, ich, und das ungeborene Kind. Jetzt sind wir Drei. Das ist, wie man vielleicht vermuten könnte, keine echte Bedrohung, denn Frau Dornbusch läßt durch diese schnell geschaffene Triade erkennen, dass sie trotz allem als Notnagel für ihre Tochter zur Verfügung stehen wird.

„…Und wir haben dann ein Kind und müssen es alleine durchbringen?“, zementiert Mutter ihren Anspruch auf die Rolle als Dritte im Bunde. Dass in heutigen Zeiten eine gut ausgebildete und gutverdienende Frau ihr Kind auch ohne männlichen Versorger großzuziehen vermag, befindet sich außerhalb ihrer Lebenserfahrung.

„Ein Kind braucht einen Vater!“ schiebt sie deshalb entschieden hinterher.

Nun lenke ich das Gespräch geschickt auf sie selbst zurück.

„Viel wichtiger ist doch jetzt, dass du gesund bist und morgen wieder nach Hause kannst!", höre ich mich mit einem warmherzig- mütterlichen Ton sagen.

Das lässt sie gelten. Ich atme tief durch, Mutter greift nach meiner Hand und drückt sie matt. Sie hat sich jetzt über meine missliche Lage geäußert, ihren Standpunkt klar gemacht: Kein Kind ohne Vater. Das darf ich ihr nicht ohne Not antun: Großmutter zu werden ohne Schwiegermutti zu sein.

Ich bin müde und möchte nach Hause.

„Nimm die Schokolade wieder mit, ich esse sie sowieso nicht."

„Ach, dann schenkst du sie eben der Krankenschwester."

Sobald ich das Zimmer verlassen haben werde, wird sich Mutter ein paar Rippchen gönnen.

„Morgen gegen Mittag rufe ich an und frage, ob du nach Hause darfst. Dann hole ich dich ab. Jetzt ruhe dich aus und versuche ein wenig zu schlafen."

Ein angedeuteter Kuss auf die Wange und dann schließe ich die Krankenzimmertüre hinter mir.

Es ist wie immer, wenn ich bei ihr war. Erst wenn ich weiß, dass der Besuch vorüber ist, kehren meine Lebensgeister zurück. Dann horche ich in mich hinein: Wie hoch waren die Kosten des Spiels? Wieviele Federn musste ich lassen? Schwer auszumachen, hier im Krankenhausflur. Es riecht nach Desinfektion und Kaffee, draußen ist es schon dunkel und die Flurbeleuchtung ist gedämpft.

Mein Kind, mein geliebtes, ersehntes Kind. Weine nicht, ich bin bei dir und passe auf dich auf. Niemand, auch nicht meine Mutter, darf dir je etwas antun. Schau, ich trete ganz vorsichtig auf, damit du dich wieder beruhigst. Höre nicht darauf, was deine Großmutti sagt, fange gar nicht erst damit an.

Ich streiche über meinen Bauch und gehe langsam zu den Aufzügen, die mich zum Ausgang bringen. Ich kenne dieses Krankenhaus gut, ich bin hier geboren und war als Kind mit einem gebrochenen Arm und einem gebrochenen Bein auf der Kinderstation, das gab es damals noch. Ich lag mit vier anderen Kindern in einem großen Raum, die Betten nahe nebeneinander. Hinter uns ein breites Fenster, durch das man uns immer beobachten konnte. Ich hatte eine Puppe bei mir – ich habe sie heute noch –, die auch krank war und die ich morgens und abends liebevoll wusch, nachdem ich mir im Bett sitzend in einer Schüssel mit warmem Wasser Hände und Gesicht frisch gemacht hatte. Ich fütterte uns geduldig mit dem Grießbrei und dem Apfelmus, die es jeden Abend gab, und dann drückte ich sie zärtlich an mich und tröstete uns, wenn wir vor Heimweh und Verlassensängsten unter unserer Decke zusammen weinten.

Meine Mutter besuchte mich, glaube ich, jeden Tag. In meiner Erinnerung rauschte dann eine nach schwerem Parfum duftende junge Frau mit großem Hallo herein, ignorierte die anderen bemitleidenswerten Wesen in ihren Gitterbettchen und brachte mir etwas mit: ein Eis oder etwas zum Spielen.

Sie begehrte sofort den Herrn Professor zu sprechen, um ihn nach meiner fortschreitenden Genesung zu befragen. Der kam tatsächlich und flirtete mit meiner schönen

Mutter, zumal ich Privatpatientin war und er das zweifache Honorar für meine Behandlung verlangen konnte. Ich selbst oder wie ich mich fühlte, war unwichtig, so war das damals eben.

Danach nahm Frau Dornbusch sich die leitende Kinderkrankenschwester vor:

„Ist meine Tochter auch brav? Gibt es irgendwelche Probleme?"

„Nun, sie hat eben eine furchtbare Angst vor Spritzen und wir müssen sie jeden Abend zu dritt festhalten, um sie ihr zu verabreichen."

Oh ja, ich erinnere mich mit Schrecken: zu dritt lagen sie über mir, zogen mir die Hose herunter und – zack – die Nadel in meinen Hintern gerammt. Ich schrie aus Leibeskräften. Immer umsonst. Ich war sieben Jahre alt. Ich hatte regelrechte Panik vor dem Einstichschmerz und als es vorbei war und die Schwestern kopfschüttelnd, manchmal auch lachend, von mir abließen, nahm ich meine Puppe, kroch tief unter die Decke und blieb lange Minuten untröstlich.

Die anderen Kinder hatten mich nie ausgelacht wegen meines Geschreis, oft denke ich, sie fühlten sich wohl genauso verlassen wie ich.

Heutzutage gibt es keine solchen Kinderstationen mehr, die Eltern dürfen sogar bei ihren Kindern übernachten, damit die sich nicht fürchten müssen. Wir hingegen waren damals wie aus der Familie gefallen, ausgesetzt und auf uns selbst gestellt.

Später war ich dann noch ein paar Mal in diesem Krankenhaus: um die Mandeln zu entfernen und noch einmal, um den Blinddarm zu entfernen und noch einmal, um die

Polypen zu entfernen. Damals operierte man alles, schnitt alles raus, was nicht überlebensnotwendig war. Da gab es noch zu viele freie Betten, vor allem auf der teureren Privatstation. Deshalb kenne ich den Geruch dieses Krankenhauses sehr gut, die Gänge, die Böden. Es wurde zwar seither viel modernisiert, aber im Großen und Ganzen erkennen meine Sinne alles wieder. Es gilt als das beste Krankenhaus in unserer Stadt. Hier praktiziert auch meine Frauenärztin, sie ist die Chefärztin der Gynäkologie, meine Mutter wird ebenfalls von ihr betreut. „Eine feine Frau“, so das Urteil meiner Mutter. Mich nennt sie dann und wann „eine tüchtige Frau“, aber das ist nun mal nicht dasselbe.

Zuhause angekommen, würde ich am liebsten gleich ein Glas Wein trinken.

Emil trinkt nicht. Fast nie. Im Hochsommer mal ein Bier oder auf einem Fest einen Schluck Rotwein zum Wild. Gegen Raucher tritt er fanatisch auf, falls einer auch nur in seine Nähe kommt, spricht er ihn darauf an, wie unzumutbar der Gestank sei, den er verbreite. Ansonsten lässt Emil die Menschen so, wie sie sind, er ist kein bisschen misstrauisch ihnen gegenüber, er kann vorbehaltlos bewundern und gelten lassen.

Als wir eines Abends zusammen essen waren, saß uns schräg gegenüber eine Frau, die man für interessant halten könnte. Ich dachte: genau der Typ Künstlerin, den Emil anziehend findet. So eine Art Frau, die mit jedem Mann flirtet, der in ihren Gesichtskreis gerät. Die dann aufdreht, temperamentvoll wird, laut auflacht und keine Ruhe gibt. Ich wollte mich mit Emil unterhalten, aber aus meiner Sicht schaute er ständig aus den Augenwinkeln zu dieser Gestalt hinüber, als habe sie ihn hypnotisiert.

Nach außen habe ich mir überhaupt nichts anmerken lassen, wenn ich auch etwas schweigsamer wurde. Hätte ich ganz aufgehört zu reden, Emil hätte es womöglich nicht einmal bemerkt.

In solchen Momenten kann es geschehen, dass von ganz tief unten eine Wut in mir aufsteigt, einem Tsunami gleich in ihrer Wucht. Eine Riesenwelle, die Verachtung, Ekel, Hass, Abwertung und Lust auf Zerstörung mit sich führt. Begleitet von Gedanken, die nur im Kopf eines bösen Menschen entstehen können, denke ich danach voller Scham. Oder im Kopf meiner Mutter. Diese plötzliche Wut will Emil dann zu einer Art Mann herabwürdigen, der von seiner Begierde beherrscht wird und dessen Verstand angesichts einer hübschen Frau aussetzt. Genauso, denkt meine Wut dann gehässig, hat dich deine Frau eingefangen, mit der du dann jahrelang unglücklich gelebt hast und noch lebst! Weil du verführbar bist, weil man dir etwas vormachen kann und du es nur allzugerne glaubst.

Wenn eine solche Wut von mir Besitz ergriffen hat, will ich fliehen. Ohne Erklärung aufstehen und Emil alleine sitzenlassen. Auf nimmer Wiedersehen. Deshalb bin ich vermutlich keine feine Frau. Diese gelegentliche, schreckliche Eifersucht will dann alles, was mir lieb ist, zerschlagen. Niemand kann ermessen, wie schmerzhaft dieser Zorn ist. Er zerbröselt meine Selbstsicherheit, bis nichts mehr von ihr übrig scheint.

Ich vermute, es ist meine tiefsitzende Angst, nicht zu genügen. Oder nicht wichtig genug zu sein. Lediglich mir nahe stehende Menschen können diese Angst entfachen. Manchmal fürchte ich wirklich, dass ich einen großen Teil meiner Liebesfähigkeit verkümmern lasse, nur um dieser Angst zu entgehen.

Schon allein die Tatsache, dass es in Emils Herzen offenbar Platz für mehrere Lieben gibt, empfinde ich als Abwertung meiner Person. Das ist doch nicht normal.

Morgen kommen Emil und seine Frau von ihrer Reise zurück.

Morgen Vormittag wird sich auch entscheiden, ob meine Mutter über das Wochenende im Krankenhaus bleiben muss. Das heißt, ob sie will. Nur darauf kommt es an. Denn wenn sie lieber zu Hause wäre, kann kein Professor der Welt sie in seiner Klinik halten, wenn sie sagt, es geht ihr wieder gut, so prallt jede ärztliche Vorsichtsmaßnahme an ihr ab; dann ist alles „reine Geldmacherei!"

Sofern sie aber will, das heißt, wenn ich noch ein wenig abgestraft werden soll, indem ich sie besuchen und bemitleiden muss, dann hat der Herr Professor gesagt, dass ihr Kopf noch genauer untersucht und jede versteckte Krankheit ausgeschlossen werden müsse. Denn sie könnte ja auch einen Gehirntumor haben und bald sterben müssen. Das Gefährliche an diesem Spiel ist, dass ich Mutter in dieser Hinsicht immer weniger ernst nehme. Aber was, wenn sie einmal tatsächlich in Gefahr sein sollte?

Es ist jetzt zwanzig Uhr. Ich bin müde und möchte schon schlafen. Mir und meinem Kind Ruhe gönnen.

Meine Freundin Angelika ruft an:

„Gehst du noch mit, was trinken?"

Wollte ich nicht lernen, „nein“ zu sagen? Stattdessen sage ich:

„Ja, aber nicht so lange, ich muss mich morgen früh um meine Mutter kümmern.“

Meine Mutter, die meint, ich hätte keine Freundinnen. Weil sie auch keine hat. Wenn ich zu ihr sage, ich treffe mich mit meiner Freundin, schaut sie mich an, als wäre ich gemein gewesen zu ihr. „Freundin...?“ äfft sie mich dann gerne nach. Als hätte ich gesagt: da ist eine Frau, die mich mag und gerne mit mir zusammen ist, sich gerne mit mir unterhält und wir uns beide sehr wohl miteinander fühlen. So etwas würde meine Mutter wirklich bis ins Mark treffen. Weil es ihr bewusst machen würde, dass da kein weibliches Wesen weit und breit ist, mit dem sie auf Augenhöhe zurechtkommt, mit dem sie lachen oder reisen, sich anvertrauen und austauschen könnte. Denn andere Frauen nimmt Mutter stets als Bedrohung wahr, inklusive ihrer eigenen Tochter, was zweifellos Auswirkungen auf die Entwicklung meines weiblichen Selbstverständnisses haben musste.

Und zwar derart, dass auch ich nicht wirklich frei und unbekümmert auf eine Frau zugehen kann, mir gelingt meine persönliche Einordnung ihr gegenüber nicht auf natürliche Weise: bin ich überlegen, bin ich unterlegen und weshalb? Mit jemandem auf Augenhöhe sein heißt ja, ihn sein zu lassen wie sie oder er ist und sich selbst mit seinen eigenen Fehlern und Stärken zu akzeptieren und bestenfalls zu mögen. Doch an meiner Mutter habe ich gelernt, dass ich besser nicht oben sein sollte, falls ich gemocht werden möchte.

Deshalb neige ich im Zusammensein mit einer Frau zu

einem ganz bestimmten Verhalten: ich gebe mich zurückhaltend, etwas vorauseilend gehorsam: „Ja klar, das machen wir ganz, wie du es willst. Nein, entscheide du, ich richte mich ganz nach dir. Du willst dies oder das nicht, kein Problem, für mich ist das nicht so wichtig."

Ich handle also ungeachtet meiner eigenen Wünsche. Insgeheim verachte ich mich natürlich, wenn ich mich dabei ertappe, wieder einmal ohne Rücksicht auf mich selbst nachgegeben zu haben. Aufmerksame Beobachter könnten diesen Selbstverrat sogar an meiner Körperhaltung erkennen. Wobei mir in größeren Gesellschaften Gott sei Dank ein paar Gläser Wein dabei helfen, in die ungefähre Nähe meiner selbst zu finden, indem ich meine Neigung zum Abtauchen mit Heiterkeit und Gelächter auszutricksen versuche.

Sollte ich mich einmal, was selten vorkommt, aus irgendeinem Grund in der überlegenen Rolle wähnen, richte ich mich zwar dennoch nach den Wünschen des Gegenübers, muss mich aber nicht dafür verachten. In jedem Falle jedoch profitieren Frauen von meiner Nähe, das rede ich mir zumindest ein. Während für meine Mutter hingegen völlig klar ist, dass „die dich nur ausnützen".

„Hast du ihr schon wieder das Abendessen bezahlt und das Hotelzimmer in Venedig?" Mutter trifft mit ihren Pfeilen immer direkt ins Schwarze.

Meine Freundin wartet schon in der kleinen Kneipe auf mich, in der wir uns öfters treffen. Angelika ist ledig, ohne Geliebten, drei Jahre jünger als ich und von Beruf Eventmanagerin. Wir lernten uns vor zehn Jahren bei einem meiner Fortbildungsveranstaltungen kennen, sie hatte dort alles für die Ärzte organisiert: Lokalität, Essen, Übernachtungen und Abendprogramm. Wir kamen ins Gespräch und waren einander sofort sympathisch, obgleich ich mich ihr zugegebenermaßen auf einigen Gebieten leicht überlegen wähnte. Das Schöne an unserer Freundschaft ist, dass wir zusammen lachen können: über alles mögliche, über andere Menschen und vor allem über die Männer.

„Hast du den Typ dort vorne gesehen, den Herr Doktor, den Hörrscher der Möööre?“ Und dann prusten wir los, oft bekomme ich einen regelrechten Lachkrampf, wenn Geli wieder etwas sarkastisch Lustiges in ihrer trockenen Art zum Besten gegeben hat.

Über meine Probleme oder schwierigen Gefühle kann ich mit ihr allerdings nicht sprechen: Angelika scheut das eigene Leid ebenso wie das fremde, sie verstummt dann sofort.

Wir unternehmen auch gerne Städtereisen zusammen, können abends schweigend nebeneinander am Ufer eines Sees sitzen, ein Glas Wein in der Hand und über das Wasser schauen; bis sie dann unvermittelt mit tiefer Stimme sagt: „Der Berg ruft!“ Und schon lache ich wieder los. Das Lachen entspannt mich.

Ich verdiene mehr als Geli und kann großzügig sein. Der Reichere gibt, lautet meine Devise. Darum bezahle ich meistens das Abendessen oder auch mal das Hotelzimmer für sie mit. Dafür darf ich eigene Vorschläge machen, die Angelika dann ohne Einwände annimmt. Zum Beispiel, wenn ich mich zu Hause oder an einem Wochenende einsam fühle. Das kommt vor. Dann brauche ich Angelikas ruhige Anwesenheit. Es gab Tage, da fühlte ich mich innerlich regelrecht abhängig davon, dass sie einfach nur um mich herum war. Ich kenne keinen anderen Menschen, der derart ohne bestimmte Erwartung, ohne Anspruch auf Unterhaltung in meiner Nähe sein kann wie diese Freundin.

Wie sie aussieht? Dunkel. Etwas sonderbar. Stechende blaue Augen, buschige Augenbrauen, kein bisschen weiblich im Gehabe, immer nachdenklich, meistens eher unsicher und zurückhaltend im Austausch mit anderen Menschen. Mir gegenüber immer zugewandt, mich beobachtend und abschätzend, ob ich etwas brauche, von ihr, von der Welt. Auch gegen Windmühlen würde sie wahrscheinlich ohne ironische Widerrede an meiner Seite kämpfen. Ganz genau: eine Sancho und ich, ihre traurige Gefährtin.

Angelika sitzt an unserem Stammtisch und winkt mir zu. Bilde ich mir ein, dass sie mich heute anders ansieht als sonst?

„Was willst du trinken?" fragt sie mich, „ich habe mir schon einen Wein bestellt."

Ich hätte auch große Lust auf einen guten Wein, aber ich weiß ja, dass mein Baby mittrinken müsste. Ich bin jetzt nicht mehr allein, alles was ich zu mir nehme, muss auch mein Kind nehmen, was ich höre, hört auch das kleine Wesen – ist es schon ein Wesen? Wenn ich mich aufrege oder Stress habe, dann überträgt sich das nach neuestem Wissen auch auf das Kind, nämlich über mein Blut. Ich will mir gar nicht vorstellen, wie es mir im Bauch meiner Mutter ergangen sein muss, als sie von der ersten

Frau meines Vaters mit Hass überschüttet wurde. Womöglich hat meine Unruhe dort schon begonnen, meine Fluchthaltung, meine Habachtstellung?

„Ich nehme heute einen Saft oder ein Apfelschorle" sage ich mit einem süßsauren Lächeln. Angelika streift mich mit einem vieldeutigen Blick, der alles ausdrückt, außer Verständnis. Angelika weiß um Emil und mich. Wie sie zu Emil steht, weiß ich nicht, sie würde sich nie darüber äußern, und wenn doch, dann immer auf eine uneindeutige, etwas ironische Art.

„Morgen kommt Emil zurück von seiner silbernen Hochzeitsreise!" eröffne ich selbst die spöttische Unterhaltung.

„Wie schön, dass es dem Ehepaar so gut geht!" legt meine Freundin nach.

Ich frage mich sofort, weshalb wir meine Geschichte mit Emil ins Lächerliche ziehen. Weshalb ich es zulasse. Ist dieser Spott nicht das Eingeständnis, dass ich da in etwas hineingeraten bin, dem ich keine Zukunft gebe? Angelika würde mir nie einen Rat geben oder ihre Ansicht klar formulieren, sie redet mit ihren eisblauen Augen.

Es ist wahr, dass ich, seit ich Emil kenne, nicht mehr so oft Zeit habe für sie. Sie ist sehr gerne mit mir zusammen, aber in meiner derzeitigen Situation wäre es mir nicht unrecht, wenn meine Freundin ebenfalls einen Partner hätte, das würde mir mehr Raum geben. Es gab nämlich schon Zeiten, da musste ich mich etwas zurückziehen von ihr, Ausreden benutzen, die sie alle durchschaut hatte. Denn es wurde mir irgendwie unheimlich, sie wollte so oft wie möglich in meiner Nähe sein, was meine Mutter zu der knappen Aussage veranlasste: „Die ist doch nicht ganz normal!" Oder auch: „Ist die schon wieder bei dir? Mit der gehst du in den Urlaub?" Was mir jedoch wenig ausmacht, denn ich weiß, dass hier Eifersucht und Neid aus Mutter sprechen. Weil Angelika ihr die Zeit mit ihrer Tochter stiehlt, Zeit und Vertrautheit, die ausschließlich Frau Dornbusch zusteht.

„Angelika, ich trinke keinen Wein, weil ich schwanger bin von Emil." Wie klang meine Stimme? Angelika schweigt.

„Ich habe nicht aufgepasst", rechtfertige ich mich. Angelika schaut in ihr Weinglas.

„Was würdest du an meiner Stelle tun?", wage ich die völlig unnötige Frage. Unsinnig, weil keine Antwort aus ihrem Munde etwas mit mir zu tun haben würde.

Angelika nimmt einen großen Schluck Wein, schaut in die Ferne an mir vorbei und sagt dann mit einer ziemlich neutralen Stimme:

„Abtreibung ist doch heutzutage kein Problem mehr!"

Aber Angelika, denke ich betroffen, ich habe doch so lange darauf gewartet und jetzt habe ich einen Mann gefunden, den ich liebe und es hat geklappt, das ist doch Schicksal, das muss doch einen guten Grund haben, das alles. Stattdessen sage ich:

„Schon, aber schließlich ist es ja auch Emils Kind, es gehört ihm sozusagen zur Hälfte, ich habe nicht allein darüber zu entscheiden."

„Bist du dir sicher, dass dieser Emil sich darüber freuen wird?"

„Ich habe keine Ahnung, er weiß es noch nicht, wenn er aus dem Urlaub zurück ist, werde ich es ihm sagen …"

Angelika spürt meine Scham und Unsicherheit und macht sich an ihrer Tasche zu schaffen, als suche sie etwas.

Ich habe nicht verhütet, das ist die Wahrheit, ich hatte nicht mehr daran geglaubt und dennoch gehofft. Und ich hoffe auf einen Vater, den diese Nachricht froh stimmt.

„Und wie soll es jetzt weitergehen?" fragt Angelika, die meinem direkten Blick immer noch ausweicht. „Würdest du denn mit diesem Emil leben können?"

Wohl gemerkt sagte sie „können", nicht „wollen". Denn meine Freundin will sich gar nicht vorstellen, wie ich einem Mann die Wäsche wasche, ihn abends lächelnd frage – nach der Praxis natürlich – was er denn gerne essen würde. Kurz, es ist für meine Freundin unvorstellbar, dass Emils langjähriges Hausmütterchen durch mich ersetzt werden könnte.

„Ja, mit Emil könnte ich mir ein Leben vorstellen, ich fühle mich ihm so nahe und vertraut, das habe ich noch mit keinem anderen Mann so stark erlebt."

Darauf erwidert Angelika nichts, aber ich habe natürlich gesehen, dass sie ihre Augen kurz nach oben verdreht hat. Das ärgert mich. Manchmal vermute ich, dass meine Freundin Männer hasst. Ihr Vater hatte ihre Mutter verlassen, als sie sechs Jahre alt war, ist einfach auf und davon mit einer anderen Frau. Von jenem Tag an musste sie den Partnerersatz für ihre verbitterte Mutter spielen, eine schreckliche Vorstellung, vor allem, wenn man ihre Mutter kannte: Eine menschenverachtende, einsame Frau, die sich an ihre Tochter klammerte wie an einen einzigen Anker.

Vor zwei Jahren ist sie gestorben, außer mir und Angelika stand niemand an dem frischen Grab. Seit jenem Tag rückte Geli nach meinem Empfinden noch näher an mich heran. Sie hat mir sogar einmal vorgeschlagen, nach ein paar Gläsern Wein, dass wir doch als ältere Damen zusammenziehen und uns gegenseitig die Generalvollmacht geben könnten, denn wir seien ja beide kinderlos und unverheiratet. Ich habe damals gelacht und mich ansonsten nicht weiter dazu geäußert. Denn ich hatte die Hoffnung auf eine eigene Familie ja noch nicht aufgegeben.

Mir fehlt der Alkohol im Gespräch mit Angelika. Ist auch eine neue Erkenntnis, dass ich mich mit ihr am besten und lockersten unterhalten kann, wenn ich leicht angesäuselt bin. Nüchtern neige ich dazu, jedes ihrer Worte auf eine Waagschale zu legen. Es missfällt mir, dass sie mir nicht gut zuredet. Da kann ich ja gleich mit meiner Mutter ausgehen. Aber ich sage nichts. Nachdem wir noch eine Weile über unwichtige Dinge miteinander gesprochen haben, drängt es mich nach Hause. Wird mir Angelika unwichtiger? Sie ist meines Erachtens eine intelligente Frau, hat aber noch nie Interesse an einem Gespräch über ein Buch oder über Politik oder über einen Film gezeigt. Eine Diskussion ist mit ihr nicht möglich, bis auf ein paar spärliche Kommentare gibt sie mir meistens recht. Als wäre es ihr völlig gleichgültig, ob wir derselben Meinung sind oder unsere Ansichten total auseinandergehen. Es ist ihr nicht wichtig, etwas von sich preiszugeben. Es genügt ihr völlig, dass ich ihre Gesellschaft suche.

Emil erklärte mir einmal, dass seine Frau für ihn wie eine weiße Fläche sei, eine Leinwand, auf die er seine Wünsche und Vorstellungen projizieren könne. Von ihr selbst käme nichts. Weshalb genügte dir das am Anfang deiner Ehe, Emil?

Weil er früher, als er jung war, eher unsicher gewesen sei, er habe nicht vor mehreren Menschen ohne Angst sprechen können, und wenn er durch ein mit Gästen gefülltes Restaurant auf die Toilette habe gehen müssen, hätte er dies am liebsten vermieden. Heute habe er diese sozialen Ängste weitgehend überwunden, könne vor einem gefüllten Saal oder natürlich vor seinen Schulklassen ohne geringste Anspannung sprechen. Heute suche er regelrecht die Herausforderung. Gut nachvollziehbar also, dass er seine Frau nicht mehr so braucht, weil er sich selbst mehr zutraut. Emil hat sich mit den Jahren weiterentwickelt, da genügt es ihm nicht mehr, sich in einer Frau zu spiegeln.

„So, meine Liebe, ich gehe jetzt nach Hause, morgen früh muss ich mich um meine Mutter kümmern."

Ob Angelika bemerkt hat, dass ich heute abend mangels Alkohol nicht in unseren Spaßmodus hineingefunden habe?

Am nächsten Morgen erwache ich früh. Kann es sein, dass mein Busen größer geworden ist, nehme ich schon zu? Ich stelle mich auf die Waage. Nein, nichts zugenommen. Ich betrachte mich im Spiegel von der Seite: nein, nichts, keine zarte Wölbung, wie es in den Frauenmagazinen bei den unter Verdacht stehenden Stars so schön heißt.

Wird mich Emil noch attraktiv finden, mit einem dicken Bauch? Wir kennen uns ja nicht so lange, ich befinde mich noch an dem Punkt unserer Beziehung, wo ich mit meinen verfügbaren weiblichen Reizen spiele, um ihn zu verführen. Zum Sex.

Emil sagte mir, er brauche mich nur anzuschauen, nicht mal berühren, und schon stehe sein kleiner Freund Gewehr bei Fuß. Auch er kann mich mit einem bloßen Blick in Flammen aufgehen lassen. Bei ihm fällt es mir viel leichter, mich hinzugeben, als bei den Männern zuvor.

Ich vermute, es hat etwas mit Vertrauen zu tun. Wie kann es sein, dass ich gerade Emil am meisten vertraue?

Ich mache mich fertig und fahre ins Krankenhaus.

„Guten Morgen, Mutti", trete ich ein wie die Freude selbst.

„Wie geht es dir?", jubiliere ich, „hast du gut geschlafen?" Ein neues Spiel beginnt. Aus dem Bett neben dem Fenster, in dem nur ein Kopf sichtbar ist, empfängt mich ein langgezogenes Schweigen. Ist sie tot?

„Schläfst du noch?" nähere ich mich schwungvoll dem Bett. Da öffnet meine Mutter ihre bleiernen Lider unter großer Anstrengung:

„Schrei doch nicht so, ich habe die ganze Nacht nicht geschlafen!"

Es ist jetzt zehn Uhr, eigentlich müsste Mutter nun schon wissen, ob sie heute entlassen wird.

„Von wegen entlassen!" zischt es aus dem Bett. „So einfach ist die Sache nicht, wie du denkst, es müssen am Montag noch einige Untersuchungen gemacht werden. Sie wollen mich von Kopf bis Fuß durchchecken."

Das hatte ich befürchtet. An meiner Mutter konnten die teuren medizinischen Geräte zum Laufen gebracht werden, das bringt Geld und meiner Mutter das Gefühl, dass ihr Leiden einzigartig ist. Sie ist kein unbeschriebenes Blatt für den Herrn Professor, er weiß genau, wie er die Gattin des Unternehmers Dornbusch zu nehmen hat.

Damit steht auch der Ablauf meines Wochenendspieles fest: Kaffeestunde morgen im Krankenhaus, Kuchen mitbringen, möglichst mit viel Sahne drin, dafür einen Rüffel einstecken und dann frustriert wieder nach Hause fahren. Aber Mutter will geehrt sein.

„Brauchst du noch etwas, soll ich dir von zu Hause etwas holen?"

Je mehr ich meine Dienstmädchenstimme einsetze, desto munterer wird Mutter.

„Könntest du Kukident für mein Gebiss mitbringen und meine Haarbürste. Und meine Gesichtscreme?"

Mache ich natürlich, am liebsten würde ich gleich davoneilen, diesem Zimmer entkommen. Ich bin hier drin ein Niemand, ich bin hier drin nicht ich selbst, bin ein dienendes Anhängsel im Schatten einer edlen Gebieterin. Die mich, seit sie weiß, dass ich in anderen Umständen bin, mit strengem Blick fixiert als könne sie mich noch von einer großen Unfolgsamkeit abhalten. Nein, Mutter, bis in meinen Bauch hinein regierst du nicht, da bin ich die Herrin im Haus und sonst niemand!

Dieser ketzerische Gedanke tut mir gut. Jetzt habe ich etwas, das ganz mir alleine gehört, mein Kind, ich und mein Baby, wir beide. Da passt kein Blatt dazwischen und keine eigene Mutter und nicht einmal der Erzeuger selbst. Ich bestimme, ich entscheide, ich übernehme die alleinige Verantwortung.

Doch schon spricht Mutter es aus: „Ich habe mit dem Professor gesprochen und er meint, falls wir das Kind nicht wollen, er würde hier in der Klinik veranlassen können …"

Vor meiner Mutter sitzt jetzt ein Wurm, der sich krümmt unter einer brennenden Sonne. Der Wurm möchte fliehen, ins rettende feuchte Dunkle, aber er kommt nicht vom Fleck. Reflexartig lege ich meine Hand auf meinen Bauch, auf den meine Mutter soeben mit schwarzen Buchstaben das Wort „wir" geschrieben hat. Jetzt gehört er auch ihr.

Als ich mich wieder etwas erholt wähne, erwidere ich mit gespielt empörter Stimme:

„Also das gefällt mir nicht, dass du mit anderen Leuten über mich sprichst. Das geht doch den Professor nichts an!" Das genügt, die Spannung in diesem Krankenzimmer wird scharf wie eine Messerscheide. Sie riecht nach Übergriff, Einmischung, Missachtung, Entwürdigung. Mutter richtet ihren Blick wie eine Sterbende zum Fenster hin und hinaus in die trostlose Natur, wie um sich für ihre letzten Worte an die undankbare Tochter zu sammeln.

„Wie du meinst", haucht sie matt und im Klartext sagen diese drei Worte: „Mach was du willst, aber glaube ja nicht, dass du von mir noch irgendeine Hilfe erwarten kannst, renne in dein Unglück, du wirst schon sehen, was du davon hast."

Ich hätte nie gedacht, dass sie so ungern Großmutter werden möchte, dass sie so wenig Interesse hat an einem Enkelkind und nichts anderes für richtig hält, als dass ich diesem kleinen klopfenden Herzen in mir so schnell wie möglich den Garaus mache.

Meine Mutter, sollte man vielleicht wissen, ist auf einem Bauernhof aufgewachsen, sie hat gelernt, wie man Hühnern den Kopf abschlägt und sie hat es getan. Sie hat monatelang einen Stallhasen gefüttert und ihn dann ohne mit der Wimper zu zucken zum Mittagessen verspeist. Als ich ungefähr sechs Jahre alt war, fuhr sie rückwärts aus der Garage heraus und überfuhr versehentlich eines der süßen kleinen Kätzchen, die wir damals aufzogen und die mir über viele einsame Stunden hinweghalfen. Ich schrie wie am Spieß, meine Mutter stieg genervt aus, packte das schwerverletzte Kätzchen und schlug seinen Kopf mit aller Wucht an die Hauswand bis es tot war. Den restlichen Tag verbrachte ich in meinem Zimmer, gelähmt vom Grauen vor meiner Mutter.

„Mutti, ich muss jetzt gehen. Wie es aussieht wirst du ja bis Montag hierbleiben müssen bis alle Untersuchungsergebnisse da sind."

„Ja, Kind. Wann kommst du und bringst mir noch ein paar Sachen?"

„So gegen Abend, oder brauchst du es früher?"

„Nein nein, ich kann warten." Die Stimme meiner Mutter klingt nun sehr erschöpft, ich weiß, sie ist immer noch gekränkt, weil ich mein Baby vor ihr in Schutz nehme. Weil etwas wichtiger ist als sie.

Ob Emil schon zu Hause angekommen ist? Ob er gleich meinen Brief holen wird? Ob Emils Frau gerade die Koffer auspackt, die schmutzige Wäsche hinunter in die Waschküche trägt?

Gegen Abend bringe ich meiner Mutter schnell ein paar

Kosmetikartikel und ihren Spiegel ins Krankenhaus, gebe dabei vor, es furchtbar eilig zu haben und fahre sofort wieder nach Hause. Bei Angelika melde ich mich nicht. Und Emil ruft auch nicht an. Ich verkrieche mich unter meine Bettdecke.

In der Nacht habe ich tief und ruhig geschlafen. Noch während ich mir mein Frühstück bereite, klingelt das Telefon. Mit klopfendem Herzen nehme ich den Hörer ab.

„Hallo, ich bin es!" Emil.

„Du bist wieder da?" frage ich gleichermaßen erschrocken wie erfreut. Ich war nicht darauf vorbereitet, fühle etwas Fremdes zwischen ihm und mir.

„Wir sind erst gestern Nacht zurückgekommen. Ich kann nur kurz reden, meine Tochter ist auch hier." Emil, der heimlich tut.

„Wie geht es dir?" flüstert er in den Hörer. Kein Wort von meinem Brief. Dort das häusliche Leben, in mir das Chaos.

Da bricht es aus mir heraus: „Ich bin schwanger von dir, Emil!"

Nach einem Schweigen, das sich anfühlt, als hätten meine Worte die Zeit für immer angehalten, höre ich seine heisere Stimme: „Warum?"

Ich schweige. Dann wieder Emil, hastig: „Ich muss auflegen, meine Frau kommt rein, ich rufe dich später noch mal an. Bis dann!"

Ich setze mich auf mein Sofa und höre in mich hinein. Zunächst ist dort drin Totenstille. Erst nach einigen Minuten schleichen sich Enttäuschung, Angst, Verwirrung und Demütigung an. Wo soll ich hin? Zu meiner Mutter! Wie ist das möglich, dass ich jetzt zu meiner Mutter möchte? Oder soll ich mich mit Angelika treffen? Hin und her gehe ich in meinem Wohnzimmer, auf und ab in meiner Küche.

Warum? Warum? Warum?

Was bedeutet warum in diesem Zusammenhang? Warum hast du mich nicht gefragt, warum hast du nicht aufgepasst, warum tust du mir das an? Mir und meiner Familie. Wo doch alles hätte so schön sein können, wir beide, heimlich, in den Wäldern, auf den Wiesen, in unseren Verstecken, Körper an Körper, glücklich?

Ich gehe nie wieder zu Emil. Ich melde mich nie wieder. Will nichts mehr wissen.

„Warum?"

Aber was habe ich denn erwartet? Ein Mann hat sich in mich verliebt, er ist eingebunden in eine Familie, es wird genau überlegt, ob das Geld für einen Urlaub reicht, für ein neues Auto, ob ausreichend Rücklagen für die Ausbildung oder die Aussteuer oder andere Eventualitäten im Leben der Tochter gebildet sind; die Wohnung immer sauber, der Gefrierschrank gefüllt, im Keller ein paar Flaschen guten Weines, falls Besuch kommt.

Wie viele Ausreden und Notlügen schluckt diese Ordnung, bevor sie beginnt, an ihren Rändern zu faulen?

Ich habe beide Hände über meinen Bauch gelegt, etwa an der Stelle, wo ich mein werdendes Kind vermute; habe ich schon aufgehört, „unser Kind" zu denken, oder hatte ich noch gar nicht damit angefangen gehabt?

Wie schlafwandelnd ziehe ich mich an; mein Frühstück schmeckt mir nicht, ich mache lieber einen Spaziergang. Frische Luft tut meinem Kind gut. Schlechte Gedanken tun ihm nicht gut. Draußen ist es schon recht kühl geworden, es ist Spätherbst. Die meisten Blätter sind schon gefallen. Wer jetzt kein Haus hat, baut sich keines mehr… – eine Zeile aus meinem Lieblingsgedicht.

Emil und ich und unser Kind wissen nicht, wohin. Wir haben keinen Weg, keine Richtung. Möchtest du wirklich wissen „warum", Emil?

Weil ich so sehnlichst ein Kind wollte, weil ich es mit dir zusammen wollte, weil es so aussehen sollte wie du, deine Augen haben sollte, weil ich es hören möchte, wie es Papa zu dir sagt. Weil du es mir so oft ins Ohr flüstertest, es mir in Gedichten schriebst, dass ich die Frau deiner Träume sei und du mich nicht verlieren möchtest.

Und weil ich dir geglaubt habe.

Weil ich dich für mich haben möchte, in meinem Leben, bei mir im Bett, jede Nacht und morgens mit dir aufwachen und frühstücken und mit unserem Kind lachen und mit dir reisen ohne Heimlichkeiten. Würde diese Antwort ausreichen, um mir zu vergeben, dass ich dich nicht vorher gefragt habe?

Auf meinem Spaziergang begegnen mir Frauen hinter Kinderwägen. Als hätten sich heute alle jungen Mütter meines Wohnortes verabredet, mir ihr Glück vorzuführen. Sie grüßen mich lächelnd und es macht mich traurig, dass ich nicht hingehen will und sagen: ich bekomme auch ein Baby! Braucht es einen ausreichenden Grund, um geboren zu werden?

Meine Mutter wartet. Ich muss ins Krankenhaus und ihr einen Kuchen bringen. Ich möchte ihr auch mein Leid, meine Enttäuschung, meine Fragen bringen. Aber die will Mutter nicht.

Mir kommt der Weihnachtsabend in meinem Elternhaus in den Sinn. Ich sehe meinen Vater, wie er an seiner Zither Weihnachtslieder spielt und ich dazu singe. Ich sehe meine Mutter im Kaminfeuerschein sitzen, irgendwie beleidigt, immer ohne rechte Freude, obwohl ich mir als Kind und Jugendliche immer die größte Mühe gegeben habe, eine festliche Stimmung heraufzubeschwören.

Aber erst, nachdem meine Mutter vom Vater feierlich ihr Geschenk überreicht bekommen hatte (meistens ein teures Schmuckstück), lockerten sich ihre Gesichtszüge, während ihr Blick prüfend auf den Brilliantring oder das goldene Armband gerichtet war, abwägend, ob die Gabe als akzeptabler Ausgleich für übers Jahr erduldetes Leid gewertet werden könne. Danach atmete auch ich auf und zog mich kurz vor Mitternacht mit meinen Geschenken in mein Zimmer zurück: befreit, als hätte ich eine Prüfung hinter mich gebracht.

Wie wird mein Weihnachten dieses Jahr sein?

Mit zwei Stücken Sahnekuchen, einer Schachtel Pralinen, einer Illustrierten und der Fernsehzeitschrift, betrete ich das Krankenzimmer; draußen ist es schon fast dunkel. Meine Mutter hat ihre Nachttischlampe eingeschaltet und starrt an die Decke, ihre beiden Arme über der Brust gekreuzt; so wird sie auch einst in ihrem Sarg liegen, schießt es mir durch den Kopf.

„Grüß dich, Mutti, wie geht es dir?“

Schwerfällig, wie nach einer großen und bedrohlichen Operation, wendet Frau Dornbusch ihr müdes Haupt ihrem einzigen Kind entgegen. Sofort bekomme ich ein schlechtes Gewissen: Ich habe meiner Mutter ein Leid zugefügt, ich habe sie verraten mit meinem egoistischen Wunsch nach eigenem Glück; ich habe sie ausgeschlossen aus meinem Leben, hinter ihrem Rücken eine schwerwiegende Tat begangen: ich habe mich ernsthaft einem Mann zugewandt – ich habe sie verlassen.

Endlich ihre Antwort: „Du kommst spät, mein Schatz."

„Ich habe noch einen kleinen Spaziergang gemacht über die Felder, morgen soll es ja regnen oder gar schneien."

Meine Mutter hebt einen ihrer bleischweren Arme und streckt mir ihre Hand entgegen. Ich reiche ihr die meine, da zieht sie mich zu sich her mit unerwarteter Kraft, fast zerrt sie mich, vielleicht sträube ich mich auch ein wenig: ich soll sie auf die Wange küssen und das tue ich, denn ich habe mich bereits ergeben.

Worüber nur reden?

„Geht es dir wieder besser?" Meine Stimme soll erwachsen und selbstsicher klingen, aber Mutter bemerkt sofort, dass mir dies nicht gelingt, sondern dass meiner Stimme im Gegenteil die Schuld bis zum Halse steht.

„Mir geht es nicht gut. Wenn ich aufstehe wird mir immer noch schwindelig und Appetit habe ich auch keinen. Der Professor meint, es könne eine Art Schwächeanfall gewesen sein."

„Was meint er mit Schwächeanfall?" stelle ich mich dumm.

„Na, mir ist wohl der Kreislauf zusammengebrochen!" Meine Mutter wird ungeduldig, sie spürt, dass ich an der Schwere ihrer Erkrankung von Anfang an gezweifelt habe.

„Lass uns unseren Kuchen essen." Es fehlt eine Kuchengabel und „ich hole schnell eine." Draußen auf den Krankenhausfluren rennen kleine Kinder auf und ab. Es ist allgemeine Besuchszeit. Ich bin kein Patient. Dennoch scheint etwas krank an mir, etwas bedroht mein Leben, etwas kann von Ärzten in Ordnung gebracht, abgewendet werden. Am liebsten würde ich diese nach Sterilium riechende Station fluchtartig verlassen, hinaus ins gesunde Leben.

Bei meiner Rückkehr ins Krankenzimmer sehe ich meine Mutter in ihrem seidenen Morgenmantel an dem kleinen Tischchen sitzen.

„Schön, dass du aufgestanden bist, geht es dir ein bisschen besser?" zwitschere ich erfreut. Doch Mutter ist nicht auf Optimismus eingestellt, das wusste ich natürlich.

„Von wegen besser, die Krankenschwestern haben gesagt, ich solle wegen meiner Kreislaufbeschwerden ein wenig aufstehen, die haben doch keine Ahnung, wie schwindelig mir ist! Bitte nur einen halben" haucht Mutter, nachdem ich ihr den Kuchen auf ihren Teller gelegt habe, „den anderen kannst du wieder mit nach Hause nehmen."

Kein Wort über die Schwangerschaft. Kein Wort darüber, was nun werden soll.

Mich überfällt eine bleierne Müdigkeit, es ist sehr warm in diesem Zimmer und es fällt mir zusehends schwerer, so zu tun als ob; in mir wächst ein Mensch heran, der willkommen geheißen werden will: von mir, von Emil, von meiner Mutter und von der ganzen Welt.

Weil ich zu lange schweige, sagt meine Mutter: „Du siehst mitgenommen aus, fehlt dir etwas?"

Sobald Mutter nach meinem Befinden fragt, werde ich zum Kleinkind:

„Ach“ antworte ich zögernd und leise „ich weiß auch nicht.“ Familiensprache. Nur Mitglieder desselben Blutes verstehen sie. Erkennen am Klang, an der Lautstärke der Stimme und an der Wahl der Worte, was neben dem Ausgesprochenen wirklich gemeint ist. Mutter sollte verstehen: „Ich bin verunsichert, ich bin hilflos, ich bin zweigeteilt, ich weiß nicht, was ich tun soll.“

Es verleiht meiner Mutter Kraft, wenn ihre Tochter vor ihr die Waffen streckt. Dann öffnet sie ihr Ohr und ist bereit, mir zuzuhören.

„Leidest du unter Schwangerschaftsübelkeit?“ Übersetzt bedeutet diese Frage, dass meine Mutter den Gedanken akzeptiert hat, dass ich schwanger bin. Dass also in mir ihr Enkelkind heranreift.

Ich darf demnach darüber reden: „Ich weiß nicht recht, wie das alles weitergehen soll. Emil ist ja noch verheiratet.“

„Hast du es ihm schon gesagt?“

„Ja, kurz am Telefon, er ist wieder zurückgekehrt von seiner Reise.“

Mutter fragt nicht, was Emil geantwortet hat. Das interessiert sie nicht.

„Ein Kind ändert das ganze Leben“, versucht es Frau Dornbusch nun. Ich soll verstehen: „Überlege dir gut, ob du tatsächlich eine alleinerziehende Mutter werden willst, neben deiner Praxis.“

Ich selbst hege keinerlei Bedenken, es alleine zu schaffen. Aber es unter Umständen ohne Emil schaffen zu sollen, das schmerzt. Ein Elternschlafzimmer ohne Ehemann und ein Wohnzimmer ohne Vater, das ist es, was weh tut. Und würde Emil dann gelegentlich auf Besuch kommen, heimlich, wären wir dann seine „Nebenfamilie?“

„Ich muss jetzt gehen, Mutti, ich muss noch etwas für die Praxis vorbereiten.“

„Könntest du mir in mein Bett zurück helfen, ich habe Angst, zu fallen.“ Und schon hängt sich Mutter mit ihrem ganzen Körpergewicht an mich, ihre kalten Finger fest in meinen Arm gekrallt.

„Kommst du morgen wieder?“ fragt sie ohne Überleitung.

„Ja, ich kann aber noch nicht sagen, ob morgens oder nachmittags“, piepse ich.

„Triffst du dich wieder mit ihm?“ fragt Mutter mit Blick aus dem Fenster in das Dunkle hinaus.

Ein angedeuteter Abschiedskuss auf ihre Wange, ein „Schlaf gut heute nacht und bis morgen“ und draußen bin ich.

Einsamer als ich hineingegangen bin. Ich habe Angst.

Daheim angekommen, sehe ich, dass Emil auf den Telefonbeantworter gesprochen hat.

„Hallo, wo bist du? Ich habe es schon zweimal versucht. Ich mache mir Sorgen. Ich habe dir einen Brief geschrieben.“

Einen Brief. Sorgen. Mein Herz pocht, und es pocht das Herz unseres werdenden Kindes. Was wird Emil mir zu sagen haben? Ich sehne mich nach seiner Umarmung und fürchte sie gleichzeitig.

Habe ich ihm eine Grube gegraben und bin nun selbst hineingefallen? Würde ich ihm meine Freude über die Schwangerschaft zeigen, dann setze ich ihn womöglich unter Druck und zeige ich sie nicht, so könnte er glauben, dass es tatsächlich ein Unfall war, den ich so schnell wie möglich ungeschehen machen möchte. Ich sitze in der Falle: mein Kind, was tue ich dir an, ich habe deinen Vater nicht gefragt, ob er dich möchte, ich allein bin es, die dich so sehr gewollt hat und noch will.

Emil wollte indessen allein mich. Aber als was? Als Geliebte?

Ich lege mich ins Bett und ziehe mir die Decke über den Kopf. Es scheint mir alles in Gefahr: Mein Kind, mein Glück, meine Hoffnung, ich selbst. Was habe ich getan? Und wie kann ich es wieder gut machen?

Ich möchte Emil eine Weile nicht mehr sehen. Ich kann nicht. Soll ich ihm sagen, dass ich ihn verlassen werde und unser Kind alleine großziehen werde? Würde es ihn erleichtern? Denn es gibt kurze Momente, da sehe ich mich als Schlange, die einem verheirateten Mann die Frau ausspannt, indem sie schwanger von ihm wird und ihn zu einer Entscheidung zwingt.

Mein Tag in der Praxis war hart heute: Mindestens zehn Patienten warteten unangemeldet und wollten dazwischen geschoben werden. Ohrenentzündungen, starke Halsschmerzen und dann noch meine ganz besonderen Stammkunden, die beim geringsten Schmerz befürchten, an einer schrecklichen Krankheit sterben zu müssen. Die muss ich dann beruhigen, aber zunächst bestehen sie auf einer genauen Untersuchung und meiner beschwichtigenden Antwort: „Kein Befund, alles in Ordnung, vielleicht eine kleine Irritation der Schleimhäute, nichts Schlimmes"- aber das tröstet sie nur eine kurze Zeit.

Ich übe meinen Beruf sehr gerne aus. In den Räumen meiner Praxis komme ich zur Ruhe und allerlei Ängste fallen von mir ab. Hier weiß ich genau, wer ich bin. Jeden Tag lerne ich etwas Neues hinzu, das gefällt mir sehr.

Nach Feierabend kehre ich meistens gerne nach Hause zurück. Heute jedoch schleiche ich mich an meinen Briefkasten heran. Heraus hole ich einen Brief von Emil. Wie ich seine Schrift liebe und wie mir immer noch das Herz pocht, wenn ich seine Post vorsichtig öffne, ohne den Umschlag zu verletzen. Meinen Namen mit seiner Schrift geschrieben zu sehen, ist für mich wie eine Liebkosung. Doch heute habe ich Angst.

Er hat ein Gedicht geschrieben. Darin beschreibt er sich als Clown, der auf der Bühne eine Rolle spielen muss, die seiner Stimmung in keiner Weise entspricht. Der gezwungen ist, fröhlich zu sein und dabei nur immer weinen möchte.

Emil dichtet gerne und hält viel auf seine Kunst, zu schreiben. Er dichtet fast ebenso gerne wie er malt. Er wünscht sich bewundernde Rückmeldungen, die ich ihm begeistert für jedes seiner Werke zuteil werden lasse. Für zwei seiner Bilder, die er mir schenkte, hängte ich zwei Originale zweier bekannter Künstler in meinem Schlafzimmer ab, die sehr teuer waren. Emil ist mein Künstler, mein ganz persönlicher Künstler – was interessieren mich die anderen?

Beim Lesen seines Gedichtes empfinde ich diesmal jedoch eine Mischung aus Enttäuschung und leisem Ärger. Wo kommen ich und das Kind darin vor? Was möchte er, mein Mitleid? Dafür, dass er vor seiner Frau so tun muss, als sei alles in Ordnung? Dafür, dass er nach dem Schulunterricht heimkehrt, seine Tasche ablegt, sich vielleicht umzieht, vielleicht noch ein wenig in den Pflanzenkästen seiner Terrasse herumgärtnert, im schlimmsten Fall seiner Frau anbietet, mit ihm noch eine Runde Fahrrad zu fahren, bevor es dunkel wird?

Dafür, dass die beiden dann danach zusammen Abendbrot essen und sich darüber unterhalten, was so los war über den Tag. Und er dann wartet, bis sie den Abfall in die Mülltonne nach unten bringt und er mich dann schnell anruft, bevor sie wieder oben ist. Für dieses sein schweres Schicksal wirbt sein Gedicht um Verständnis?

Weit weg schiebe ich den Gedanken, dass ich allzu gerne jene Frau wäre, die all diese Normalität mit ihm teilt. Ich würde sogar Fahrrad mit ihm fahren, was ich das letzte Mal als Kind getan habe. Ich würde sogar mit ihm schwimmen gehen, den Emil liebt das Schwimmen. Jeden Morgen vor Schulbeginn dreht er eine Runde im örtlichen Hallenbad, das ist ein festes Ritual; er meint, da sei das Wasser noch schön sauber und kaum jemand da. Er genießt es. Jeden Tag hat Emil mit Kindern zu tun, das ist sein Beruf. Jeden Tag Kinder und Jugendliche um sich herum, er ihr Lehrer. Es stört mich nicht, wenn er recht haben möchte oder mir – weit ausholend – etwas erklärt, von dem er glaubt, dass ich keinerlei Ahnung davon habe. Mir ist das egal; ich hänge an seinen Lippen und freue mich an seinen Augen, seinen Händen, seinem weichen Mund. Wenn er mich berührt, geht ein leises Beben durch meinen ganzen Körper; es genügt mir, wenn er bei mir ist.

Emil hat unter das Gedicht eine Liebeserklärung geschrieben und dazu ein Herz gemalt. Ich liebe diese kleinen Zeichen. Normalerweise schreibe ich sofort etwas zurück, aber heute bin ich bleiern müde und möchte mich nur noch in meinem Bett verkriechen.

Ich nehme wahr, dass sich zwischen mir und Emil ein hilfloses Schweigen eingeschlichen hat: Emils Freude über ein weiteres Kind bleibt aus. Auch wenn es von mir ist.

Er ist nicht froh.

Mir wird nun sehr bewusst, dass ich ihn noch nicht lange kenne und womöglich noch viel zu wenig von ihm weiß: wie er denkt, was er riskiert, wie er zur Treue an sich in Beziehungen steht.

Während ich im Bett liege, versuche ich, in mich hineinzuhorchen; nach meinen Gefühlen zu forschen, damit sie mir einen Hinweis geben mögen. Was als erstes auftaucht, ist Schmerz: hier liege ich mit unserem werdenden Kind im Bauch, dort liegt er neben seiner Frau oder von mir aus auch in einem anderen Zimmer; auf jeden Fall in derselben Wohnung. Wie schafft er es, ihr noch in die Augen zu sehen? Sich von ihr seine Hemden bügeln zu lassen, sich morgens von ihr zu verabschieden und wenn er heimkommt, sie zu begrüßen, als wäre seine Welt nicht in Unordnung geraten?!

Ein Gedicht für mich, Emil, reicht nicht mehr, es ist ernst geworden. Etwas pocht um sein Leben in mir und mein Herz rast mit in heller Panik.

Ich befinde mich jetzt Ende des dritten Schwangerschaftsmonats. Heute untersucht mich meine Frauenärztin und ich bekomme meinen Mutterpass. Die schriftliche Bestätigung, dass ich dabei bin, ein Kind auszutragen.

Ausziehen, auf die Liege legen vor den Bildschirm, Bauch einreiben lassen mit dem kalten Gel, dann sucht sie mit dem Ultraschallgerät nach den Lebenszeichen eines zweiten Menschen in mir. Hin und her fährt sie, ich schaue nicht auf den Bildschirm, heute nicht.

Meine Augen sind fest geschlossen. Meine Ohren auch. Ich habe keinen Herzschlag mehr gesehen, ich habe auch nichts mehr gehört.

Raus aus der Frauenarztpraxis wie aus einem bösen Traum und – wo habe ich nur mein Auto geparkt, was wollte ich eigentlich nach der Untersuchung tun, in meine Praxis oder zuerst schnell etwas einkaufen, ich habe keine Ahnung. Aber mein Auto fährt von ganz alleine, meine Wohnungstüre öffnet sich wie von selbst und dann erst begreife ich: ich muss in die Klinik, eine Ausschabung machen lassen, denn ich habe den schnellen zweiten Herzschlag weder gesehen noch gehört. Die Ärztin hat nach der Untersuchung lange mit mir geredet. Sie meinte, ich könne mir doch noch etwas Zeit lassen, es käme nicht auf zwei oder drei Tage an. Aber das mit dem Warten und Aufschieben ist nicht meine Art. Das ist bei mir immer so gewesen. Wenn Handeln nötig ist und es keine Wahl mehr gibt, dann bin ich sehr gut im Organisieren. Dann warte ich nicht, zögere nicht unnötig hinaus, überlasse mich nicht meinen Zweifeln oder Gefühlen, dann handele ich: kein Herzschlag, kein Herzschlag, kein Herzschlag.

Von Kollegin zu Kollegin machte es meine Frauenärztin auf mein Drängen dann möglich, dass ich gleich morgen ein Bett in der Klinik bekomme, um den Eingriff durchführen zu lassen.

Jetzt eins nach dem anderen: die Schließung der Praxis morgen organisieren, wegen Krankheit geschlossen, wegen eines Todesfalls in der Familie geschlossen oder so. Heute ist Donnerstag, am Montag möchte ich wieder arbeiten. Am Montag soll alles wieder so sein wie vorher, wie vor meiner unsäglichen Freude, schwanger zu sein, wie vor meinen Dankesgebeten an den lieben Gott.

Natürlich weiß ich, dass nichts mehr so werden wird wie zuvor. Auch ich werde eine andere sein.

Das mit der Praxis wäre geregelt, ich habe meiner Sprechstundenhilfe mitgeteilt, ich müsse eine kleine Zyste an der Gebärmutter entfernen lassen; Frauen, die noch nie geboren haben in meinem Alter, müssen das oft, das leuchtete meiner Sprechstundenhilfe ein und sie wünschte mir alles Gute.

Was jetzt? Wo ist Emil, was macht er gerade, wahrscheinlich noch in der Schule und seine Frau kocht gerade das Mittagessen; mir wird übel, diese Gedanken schneiden mir in den Bauch wie ein Fleischmesser. Die kleine heilige Familie, bedroht von einer Sünderin, einer Schlange, die nun ihre gerechte Strafe erhalten wird. Meine Mutter hatte recht. Meine Freundin hatte recht. Ich hatte mich getäuscht.

Soll ich meine Mutter anrufen und es ihr sagen, dass alles aus ist? Kein Enkelkind, alles beim alten, immer noch Tochter und sonst nichts.

Allein in der fruchtbaren Gebärmutter einer Frau liegen ihr Wert und der Sinn ihres Daseins. Dahinter steht immer ein Mann, der diese Frau liebt und für sie und die Kinder sorgt, das ist der Sinn seines Daseins.

Es ist jetzt erst nach Mittag; was soll ich tun? Mein Bett ist keine Zuflucht, wäre eine Gruft mit zwei Toten. Heute Nachmittag ist die Praxis geschlossen, einkaufen kann ich auch nicht, mir ist, als bräuchte ich gar nichts mehr. Soll ich Emil benachrichtigen?

Morgen wollte er bei mir vorbeikommen, morgen wollten wir uns sehen. Wird er insgeheim über das Verstummen des zweiten Herzschlags in mir erleichtert sein? Fällt ihm eine Last von der Seele? Niemand muss mit mir trauern, dies ist meine Geschichte, ich habe sie alleine begonnen und werde sie alleine zu Ende bringen. Emil soll es erfahren in einem einfachen, undramatischen Satz.

Es zieht mich zu meiner Mutter. Sie hat sich selbst aus der Klinik entlassen, da sie dort „ja doch nicht herausbekommen, was ihr fehlt." Sie hat sich ein Taxi bestellt, denn „du hast ja doch keine Zeit, weil du immer in der Praxis bist."

Ich brauche dies alles jetzt. Mutter darf auch alles sagen, ich werde mich in ihre Worte legen wie in ein Kinderbett.

Vielleicht zuerst Angelika anrufen, ganz spontan fragen, ob sie morgen nachmittag Zeit hätte, mich von der

Klinik nach Hause zu fahren; denn nach der Narkose soll ich nicht ans Steuer. Ich erreiche sie auf ihrem Handy bei der Arbeit:

„Hallo, ich bin es! Nur ganz kurz eine Frage: ich muss morgen früh ins Krankenhaus, eine Ausschabung machen lassen, es gibt keinen Herzschlag mehr. Hättest du Zeit, mich gegen Mittag abzuholen und mich mit meinem Auto nach Hause zu fahren?"

Zuerst eine kurze Stille am anderen Ende des Hörers, dann „Ja, klar, ich werde den Nachmittag Urlaub nehmen, habe sowieso tausend Überstunden."

„Danke, da bin ich froh, ich rufe dich eine halbe Stunde vorher an, wann ich raus darf."

„Alles klar, bis morgen also, und alles Gute!"

„Danke, bis morgen."

Sie ist meine Freundin auf ihre Art. Sie fragt nicht, sie muss nicht unbedingt wissen, was genau los ist. Dass ich in letzter Zeit etwas mehr auf Abstand geblieben bin ist kein Grund für sie, nicht sofort zur Stelle zu sein, wenn ich sie brauche.

Meine Mutter schaut erstaunt und auch etwas fragend, so wie immer, wenn sie nicht mit meinem Auftauchen rechnet. Sie sieht mir sofort an, dass dieser spontane Besuch etwas Besonderes bedeutet.

„Hallo Mutti..." Wie klingt meine Stimme? Zerstreuend, bagatellisierend, beiläufig mit dem winzigen Zittern unterlegt, das meine Mutter wahrnimmt wie ein Donnergrollen.

„Musst du nicht arbeiten heute?"

„Nein, du weißt doch, dass ich Donnerstag nachmittags

die Praxis geschlossen habe." Unser Small-Talk dient der Zeitgewinnung, die üblichen tänzelnden Schritte, wobei beide wissen, dass die Gabe unumgänglich ist, ein Naturgesetz, ein Bibelzitat, eine ungeschriebene Regel, wonach eine Mutter das Recht hat, alles über ihre Kinder zu erfahren, vor allem, um Böses von ihnen abwenden zu können.

„Möchtest du einen Kaffee und ein Stück Kuchen, ich habe eine Erdbeerschnitte aufgetaut."

„Mir wäre ein Glas Sekt heute lieber." Wie klingt meine Stimme? Durch den Wunsch nach Alkohol eher verbindlich, Intimität und Offenheit versprechend.

„Wenn man schwanger ist, soll man eigentlich keinen Tropfen Alkohol trinken", nähert sich Mutter ganz ohne mein Zutun der traurigen Wahrheit von selbst an.

„Bei der Kontrolluntersuchung heute war kein Herzschlag mehr zu sehen, morgen bekomme ich eine Ausschabung."

Meine Stimme klingt abwehrend, traurig, ängstlich beschämt, trotzig verärgert, auch warnend und einladend zugleich: ich bin bereit, den Dolchstoß zu empfangen. Da entdecke ich ein flüchtiges Erschrecken und Mitleiden im Blick meiner Mutter; eine winzige Öffnung, aus der Frau Dornbusch eine ehrliche Betroffenheit entwich. Das muss mir als Trost genügen.

Sofort beginnen wir wieder damit, die andere nicht zu nahe heranzulassen.

Mutter: „Hattest du vorher nichts bemerkt?"

Ich: „Überhaupt nichts, man kann es nicht erklären."

Mutter: „Vielleicht hast du in letzter Zeit zu viel gearbeitet, aber das habe ich damals bei dir auch, habe mich auch nicht extra geschont. Vielleicht doch dein Alter – Kinder sollte man jung bekommen, das sagt man nicht umsonst. Das Risiko für eine Fehlgeburt ist da sehr hoch. Bei zehn bis dreißig Prozent, habe ich gelesen, stirbt das werdende Kind bereits im Mutterleib. Nimm es nicht so schwer, dieser Emil ist ja noch verheiratet und wer weiß, wie es geworden wäre – du allein mit einem Kind und Deiner Praxis, wer hätte sich denn darum kümmern sollen? Alleinerziehend ist kein Zuckerschlecken, zum Kinderkriegen gehört ein Mann, der Geld nach Hause bringt und Mutter und Kind zur Not versorgen kann. Wer weiß, wenn das Kind nicht vorher gestorben wäre, vielleicht wäre es sogar behindert zur Welt gekommen, das hätte uns noch gefehlt!"

Stille. Ich hole mir einen Piccolo aus dem Kühlschrank und gieße mir ein Glas ein. Alles, was meine Mutter sagt, ist nicht ganz falsch, und diesmal bin ich ihr nicht böse, denn diese Betrachtungsweise hält meinen Schmerz kurzfristig unter Verschluss.

Mutter: „Eine Ausschabung ist nicht schlimm, ein kurzer Eingriff, ich wurde zu Beginn meiner Wechseljahre auch mal ausgeschabt, ich habe damals geblutet wie ein junges Mädchen, tagelang, war ganz schwach." Das hatte sie noch nie erzählt.

Langsam wird mir übel. Ich sage einfach gar nichts, sitze da mit gesenktem Kopf vor meinem Glas Sekt und fühle mich wie ein kleines Mädchen, das etwas angestellt und es der Mutter gebeichtet hatte und nun auf seine Vergebung wartet. Damit wieder alles gut ist. Draußen beginnt es zu schneien – die ersten Schneeflocken dieses Jahr, die Wohnung meiner Mutter kommt mir heute warm vor.

Mutter: „Weiß es dieser Emil schon? Der wird bestimmt erleichtert sein, hat doch schon eine erwachsene Tochter, da will man nicht noch mal von vorne anfangen!"

„Nein, er ist ja in der Schule gewesen, ich hatte noch nicht die Gelegenheit, es ihm zu sagen, er wird schon noch anrufen heute Abend."

Das gefällt Frau Dornbusch. Ihre einzige Tochter wendet sich in ihrer Not zuerst an sie, an ihre Mutter. Ihre Stimme nimmt nun einen mütterlich-sanften, innigst verbundenen Ton an:

„Laß doch den Mann in Ruhe, mein Schatz. Du bringst doch dem sein ganzes Leben durcheinander, der ist doch viel zu alt für so was."

Mutti, denke ich, um den Emil geht es gerade nicht, morgen werden mein Traum, meine Hoffnungen und Vorstellungen für mein weiteres Leben endgültig gestorben sein. Der abrupte Abbruch des Wartens auf mein werdendes Kind wird mich...

„Soll ich dich morgen in die Klinik fahren und wieder abholen?" unterbricht Mutter meine Gedanken.

„Nein, ich habe schon Angelika darum gebeten." Meine Mutter zieht verächtlich ihre Mundwinkel nach unten, diese Aufgabe gebührt ihr alleine und würde ihre Tochter sie lieben wie sie es verdient hätte, dann hätte sie nicht irgendjemanden gefragt.

„Wie du meinst", ist ihre gekränkte Antwort.

„Mutti, kann ich heute nacht bei dir schlafen?"

Meine Mutter ist mehr entzückt als erstaunt: „Aber natürlich, mein Mäuschen, ich mach dir schnell ein Bett zurecht."

Mutter hat ihr Töchterchen wieder, aber egal jetzt.

Zwanzig Minuten nach acht klingelt mein Handy. Das ist die Zeit, da die Nachrichten im Fernsehen vorüber sind, denn die möchte Emil auf keinen Fall verpassen. Er sagte mir, dass er und seine Frau sie sich jeden Abend gemeinsam auf dem Sofa ansehen, manchmal, und dies sei die äußerste körperliche Zuwendung seit Jahren zwischen den beiden, würde er dann ihre Hand halten, nachdem sie die Küche aufgeräumt und sich dann zu ihm gesetzt hätte.

Ich stelle mir also vor, dass er mit dieser Hand nun den Telefonhörer hält. Leise ziehe ich die Türe hinter dem Gästezimmer zu, in dem meine Mutter mir ein Bett bereitet hat für die schwärzeste Nacht meines Lebens.

„Hallo, ich bin es, wie geht es dir? Ich mache mir schon den ganzen Tag Gedanken über unsere Situation, wie es jetzt weitergehen soll…?“

Ja, denke ich bitter, wie wird es weitergehen. In mir toben die unterschiedlichsten Gefühle, es geht drunter und drüber, einmal ist Wut oben, einmal Angst, einmal Verzweiflung, einmal Trotz, einmal Panik. Nichts davon lasse ich nach außen dringen und höre mich stattdessen sprechen mit einem Ton, den ich benutze, wenn ich einem Patienten mitteilen darf, dass die Untersuchungsergebnisse keinerlei Hinweise auf eine Krebserkrankung ergeben hätten.

„Die Schwangerschaft besteht nicht mehr, beziehungsweise ist nicht mehr intakt, wie sich heute beim Ultraschall herausgestellt hat.“

Stille am anderen Ende des Hörers.

„Was heißt das?“ stammelt Emil außer Atem (er hat den

Augenblick genutzt, mich anzurufen, während er den Abfall in die Mülltonnen nach unten brachte).

„Das heißt, dass ich morgen für eine Ausschabung in die Klinik muss."

Wieder Stille am anderen Ende. Dann: „Das tut mir so leid, mein Schatz, das ist ja furchtbar, ich weiß gar nicht, was ich jetzt sagen soll, ich wäre jetzt gerne bei dir…"

Bist du aber nicht, durchfährt es mich, du musst gleich wieder hoch zu deiner Frau, der es gelungen ist, dir eine Tochter zu schenken, über die du dich gefreut hattest.

Aber auch das sage ich nicht. Stattdessen frage ich mich, ob er sich wohl die Zeit nehmen würde, sich morgen an mein Klinikbett zu setzen, darauf zu warten, bis ich aus der Narkose aufwache und dann mit mir weinen würde, gemeinsam als Paar, mit mir trauern würde um den unsäglichen Verlust dieser kleinen, neuen Bindung, die in diesen wenigen Wochen zwischen uns und unserem Kind gewachsen ist. Unserem Kind, das ich ihm schenken wollte. Und dass nun aus dem Körper der Mutter herausgeschabt wird. Andere sagen: das war noch kein richtiger Mensch. Niemand trauert um etwas, das er nicht kennt. Etwas, das in dir war, kennst du.

Und unsere Beziehung, Emil, was nun wohl aus unserer Liebe werden wird?

„Ach, wie gerne würde ich dich morgen begleiten, aber gerade morgen ist es mir unmöglich, denn ich habe eine Schulkonferenz einberufen und den Vorsitz übernommen, da darf ich nicht fehlen. Hast du denn jemanden, der mit dir gehen könnte, du sollst doch nicht allein da durch!"

Außer meiner Mutter nicht viele, denke ich verbittert. Ich möchte jetzt nicht mehr mit Emil sprechen. Vielleicht wäre es anders, wenn er hier wäre, hier, in meinen Armen, mich wiegend, mich küssend und streichelnd; aber der Abfall ist in der Tonne und oben wartet eine Frau, die er nicht mehr zu lieben vorgibt.

„Ich muss jetzt Schluss machen", komme ich Emil zuvor und merke, dass er in Panik gerät. Was ängstigt ihn? Er weiß genauso wenig wie ich, was jetzt aus uns beiden werden wird. Reicht unsere Liebe für weitere heimlichen Treffen? Oder hat sich nun etwas geändert?

Ich liege im Bett im Gästezimmer meiner Mutter und starre an die Decke. In ein oder zwei Tagen werde ich zurückkehren in mein altes Leben vor der Zeit mit Emil, in meine Praxis, denn da weiß ich, wer ich bin; wenn ich auch nicht geliebt werde, so doch gelegentlich bewundert. Morgen erwartet mich ein chirurgischer Eingriff, nichts weiter.

Mein Kind wird nie den Schnee sehen, nie den Frühling, nie die Sterne. Ich habe es ihm nicht ermöglichen können. Dieses Bett hier im Gästezimmer fühlt sich fremd an, mir ist, als läge ich zweimal im Bett: einmal neben mir und einmal in mir. Ich muss auf die Toilette, aber ich habe Angst, mein Kind könnte dann dabei aus meiner Scheide als winziges Menschlein herausrutschen und in der Kloschlüssel verschwinden. Deshalb lege ich Papier hinein, um es nötigenfalls aufzufangen. Ich schlafe nicht ein. Im Nebenzimmer das Schlafzimmer meiner Mutter, durch die Wand kann ich fühlen, dass auch sie wach liegt.

Endlich ist es morgen, ich muss nüchtern kommen. Meine Mutter ist schon in der Küche, sie ist unruhig, das sehe ich, sie will mir schöne, tröstende Worte sagen, kann sie aber nicht aussprechen.

„Hast du alles, was du brauchst?" fragt sie fast flüsternd.

„Ich brauche nichts, ich bleibe ja nur bis höchstens nachmittags. Das geht alles sehr schnell."

„Soll ich dich nicht doch fahren?"

„Nein, Mutti, bitte bestelle mir ein Taxi, das ist viel einfacher."

Ungelenk begleitet mich meine Mutter hinaus zum Taxi. Ungelenk nimmt sie kurz meine Hand, das ist nicht schlimm, mein Schatz, das geht vorbei, und schon fahre ich durch die noch dunkle Stadt Richtung Klinik. In dieselbe Klinik, in der ich geboren wurde. Alles düster, nur grau und schwarz mit ein paar erleuchteten Fenstern, hinter denen ich Familien vermute, die ihre Kinder gerade für die Schule zurechtmachen, hinter denen die Welt in Ordnung ist. Jetzt nur nicht fühlen.

An die Worte der Mutter denken: alles, was jetzt geschieht, hat seinen Sinn. Emil wollte unser Kind nicht, er wollte überhaupt kein Kind mehr, hat sich nicht gefreut, war nicht mehr froh, ich habe ihn vor vollendete Tatsachen gestellt. Er hatte keine Wahl. Emils jetziges Leben widerspricht dem Leben unseres Kindes. Deshalb war da kein Herzschlag mehr. Es war der falsche Zeitpunkt für unser Kind, es konnte nicht leben, sich nicht in eine Ungewissheit hinein entwickeln und wachsen. Deshalb war da kein Herzschlag mehr. Und überhaupt: womöglich wäre es tatsächlich behindert auf die Welt gekommen, als Strafe sozusagen für eine Sünde, für meine und seine

Sünde, gegen die heilige Familie verstoßen zu haben, eine andere Mutter belogen und betrogen zu haben mit unserer Liebe.

Das Taxi nähert sich dem Eingang der Klinik und mein Herz beginnt zu rasen: ich möchte weiterfahren, noch warten, sie sollen mir mein Kind nicht herausschaben, womöglich lebt es ja noch, ein Irrtum, ein Versehen, ich habe solche Angst, ich will nicht, ich will nicht ausgeräumt werden, ich … muss. Es muss sein. Es gibt schon kein Zurück mehr.

In meinem Zimmer werde ich gesäubert, rasiert. Ich bin nicht alleine im Zimmer, neben mir liegt eine junge Frau, ich sage nur guten Tag, sonst nichts. Dann fahren sie mich in den OP. Dort werde ich auf einem Untersuchungsstuhl mit sterilen Tüchern abgedeckt und muss meine Beine auf die beiden Stützen legen. Eine Schwester bereitet die Injektion vor. So liege ich, wie in Erwartung des männlichen Samens mit weit geöffneten Schenkeln, bereit zum Empfang: doch diesmal geht es um Raub. Sie kommen, um mir das Liebste, das ich habe, aus dem Leib zu reißen. Feindselig starre ich dem Arzt entgegen, aber dann wirkt schon die Narkose.

Als ich aufwache, befinde ich mich bereits wieder in meinem Krankenzimmer. Ich glaube, ich trage eine Windel. Ich rühre mich nicht. Doch keine Minute später löst sich meine Starre und ein Damm bricht; es überkommt mich ein unaussprechliches Schluchzen, ich schreie, laut, ohne jegliche Kontrolle, langgezogene, jaulende Schreie ohne Tränen, meine Hände krallen sich in meine Bettdecke, ich schreie und schluchze und habe mir solch einen Schmerz vorher nicht vorstellen können; er ist stärker als ich, größer als meine Scham und Selbstkontrolle, er schüttelt mich, ergießt sich aus mir heraus in meine Umwelt ... ich gebe Laute von mir wie ein Tier, ich höre es und kann es nicht stoppen.

Die Türe öffnet sich und herein stürmt eine Krankenschwester mit einer Beruhigungsspritze (hat meine Nachbarin erschrocken nach ihr geläutet oder habe ich die ganze Abteilung zusammengeschrien?). Sie spricht leise auf mich ein und ich beginne langsam, mich in der Realität wiederzufinden: Hier ist das Krankenzimmer, neben mir liegt eine junge Frau, ich hatte eine Ausschabung und alles ist schon vorbei. Die Spritze wirkt sofort.

Nach einer Weile entschuldige ich mich bei meiner Bettnachbarin. Ich frage sie, wie viel Uhr es ist. Gerade mal eine Stunde später. Der Eingriff dauerte keine fünfzehn Minuten. Aus meiner Scheide spüre ich es heiß herausfließen: Blut. Schon beginnt mein Muttermund sich langsam zu schließen und ich empfinde ziehende Schmerzen in meinem Unterleib.

„Ich habe mein Kind verloren," höre ich mich zu meiner Bettnachbarin mit tonloser Stimme sagen, als ob sie mich danach gefragt hätte. Aber ich denke, mein Verhalten nach dem Aufwachen aus der Narkose bedarf einer Erklärung.

„Das tut mir sehr leid", wendet sich die Frau im Bett neben mir an mich. Wenige Worte, doch wie sie diese gesagt hat, läßt mich ehrliches Mitgefühl spüren.

Da klopft es an unserer Türe: Meine Mutter? Emil? Ich bekomme Herzklopfen und verliere einen Schwung Blut, zuviel Blut meines Erachtens. Herein kommt ein Mann mittleren Alters. Er tritt an das Bett meiner Nachbarin, grüßt kurz zu mir herüber und setzt sich auf ihre Bettkante; dann küsst er sie auf die Stirn, und ohne lauschen zu wollen, bekomme ich ihre Unterhaltung mit.

„Alles wird nun gut werden, du wirst sehen mein Schatz. Jetzt werden wir richtig loslegen!"

Meine Nachbarin kichert ein wenig und meint: „Mal sehen, ich werde mein Bestes tun." Nun erzählt er ihr, was er im Laufe des Tages so alles erledigt hat, was er sich später kochen wird, nichts Wichtiges. Er hat ihr einen wunderschönen kleinen Strauß mitgebracht (Winterjasmin?), die Frau freut sich, mich schmerzt es.

Die Stationsschwester betritt mit einem Arzt das Zimmer; dem Arzt, der mein Kind aus mir herausgeschabt hat, und sie bitten den Mann, das Zimmer kurz zu verlassen.

Sie treten an mein Bett: „So, Frau Dornbusch, wie geht es Ihnen?"

Mit kaum unterdrückter Abscheu sehe ich an ihm vorbei: „Ich habe das Gefühl, dass ich ziemlich stark blute, ist das normal?" murmle ich abweisend.

„Darf ich mir mal ihren Bauch anschauen?" Und schon zieht mir die Krankenschwester die Bettdecke vom Körper (Finger weg von mir!) und wir starren alle drei auf das Laken unter mir: ein großer Blutfleck! Aber mein ärztlicher Kollege verzieht keine Miene.

„Ich muss sie noch einmal untersuchen: Schwester, bereiten Sie Frau Dornbusch bitte vor!" Dann wandelt er hinaus. Ich frage nichts, während mich die Schwester wäscht und trockenlegt. Sie setzt mich wie eine Schwerkranke in einen Rollstuhl und schiebt mich aus dem Zimmer, entlang der langen Flure bis in ein Untersuchungszimmer.

Wieder Beine hoch und Schenkel weit gespreizt. Schon zieht der Arzt seine Handschuhe über und schon ist einer seiner Finger tief in meiner Scheide, während die andere Hand auf meinen Bauch drückt. Obwohl es höllisch weh tut, stöhne ich nur ein bisschen.

„Ich muss einen Ultraschall machen, um genauer zu sehen."

Er reibt meinen Bauch mit Gel ein und fährt mit einem Stab darauf herum, während er auf einen kleinen Monitor schaut. Ich schaue weg, ich will nichts sehen – nicht die leere Höhle, worin mein Kind geruht hatte, nicht das fehlende Herz, oder gar irgendwelche Überreste.

„Wahrscheinlich ist die Ursache ihrer starken Blutung übriggebliebenes Gewebe" teilt er mir beiläufig mit, nachdem ich, in eine frische Windel gewickelt, vor ihm auf einem Stuhl Platz genommen habe.

„Das kommt vor, wir werden es zunächst medikamentös versuchen, ich würde Sie bitten, noch bis morgen zur Beobachtung in der Klinik zu bleiben, ich hoffe, das geht in Ordnung für Sie?" Dabei lächelt er mich verführerisch an, als wolle er sich mit mir verabreden.

„Ja," stammele ich undeutlich „ich habe vorsorglich vier Tage meine Praxis geschlossen." So. Hier bin ich wieder, eine Kollegin, ich denke mit. Aber er fragt nicht nach meinem Fach, er erhebt sich, reicht mir seine Hand (Mörderhand!), ich muss sie ergreifen:

„Die Schwester wird sie wieder mit dem Rollstuhl abholen, Sie sollten sich jetzt zwei Tage absolut schonen."

Und da wandelt er wieder an mir vorbei hinein ins pralle, erfolgreiche Leben, und ich sitze und warte auf meine Abholung. Ich muss Angelika benachrichtigen, damit sie nicht umsonst losfährt.

Meine Mutter muss ich benachrichtigen, damit sie sich nicht wundert, weshalb ich noch nicht zu Hause bin.

Emil. Der Vater meines rausgeschabten toten Kindes ist in der Schule und erteilt vielen kleinen gesunden Kindern Unterricht. Vielleicht bringt ihn das eine oder andere heute zum Lachen, vielleicht macht er selbst ein Witzchen, um die Stimmung aufzulockern. Daheim kocht seine Frau wie jeden Tag das Mittagessen, wäscht seine Unterwäsche, legt sie zusammen und räumt sie in den Schrank. Alles schön säuberlich, alles in bester Ordnung. Für heute Abend muss er sich keine Ausrede überlegen, um kurz bei mir vorbeischauen zu können, das Ehepaar wird wie seit vielen vielen Jahren sein bewährtes Ritual vor dem Fernseher vollziehen können.

Sex zwischen Emil und mir gibt es sowieso zwei bis drei Wochen nicht, worüber sollten wir also reden, was miteinander anfangen, was er nicht auch mit seiner Frau und seiner Tochter tun könnte?

Dennoch sehne ich mich nach ihm in meinen schwachsten Momenten. Ich möchte mit ihm trauern, mit ihm weinen, er soll mich als die Mutter seines möglichen Kindes sehen, als eine Frau, die ihm ein Kind schenken wollte, auf das er nicht vorbereitet war und um das er nicht gebeten hatte. Wird er mich jetzt noch mehr lieben, nachdem der Krug an ihm vorüberging? Ich werde jedenfalls so tun, als wäre nichts geschehen, und wenn Emil und ich lange genug so tun, dann wird es vielleicht wahr.

Die Schwester kommt und schiebt mich freundlich lächelnd zurück in mein Zimmer. Oder war das eher ein spöttisches Lächeln, eines, das sagt: hättest du mal nicht!?

Meine Bettnachbarin schaut mir fragend entgegen, sie sitzt an dem kleinen Tisch unseres Krankenzimmers.

Frühes Mittagessen.

„Ihr Essen kommt gleich", sagt die Schwester immer noch freundlich und schiebt mich an die andere Seite des Tischchens. Wir sitzen nun Auge in Auge und ich wünsche einen guten Appetit.

„Alles in Ordnung?", fragt die Frau mich.

„Ich muss noch einen Tag hierbleiben, ich hatte eine Ausschabung und es ist wohl noch etwas Gewebe drin, deshalb blute ich stark und muss Medikamente nehmen."

So gelassen und kühl kann ich das sagen, obwohl ich genau weiß, dass ich ihr nichts vormachen kann, denn sie hat mich nach dem Aufwachen anders erlebt. Mitten hinein hat sie mir in mein Reptilienhirn geschaut.

Elefanten trauern auch. Affen, Katzen, Hunde und vielleicht auch Bäume, was wissen wir Menschen schon.

„Weshalb sind Sie da", frage ich ganz vorsichtig, vor allem, um rasch von mir abzulenken.

„Meine beiden Eileiter sind verschlossen, ich musste sie rückoperieren lassen. Aber die Ärzte geben mir trotzdem nur eine fünfzigprozentige Chance, schwanger zu werden."

Wie ich so nahe bei ihr sitze, kann ich nun auch sehen, dass sie in meinem Alter sein muss, sie hat sich gut gehalten und ihr Blick ist offen und mir zugewandt. Mir ist sie gleich sympathisch.

„Mein Mann drängt schon seit einer Weile auf eine künstliche Befruchtung, aber ich wollte es erstmal auf diesem Wege versuchen“ spricht sie weiter. Schließlich fällt uns ein, dass wir zwar sehr Intimes austauschen, aber noch nicht wissen, wie wir heißen.

„Ich heiße Lisette“, stelle ich mich vor und reiche ihr meine Hand über den kleinen Tisch hinweg.

„Ich bin Ruth, Ruth Schaller.“ Wir lächeln einander an, mein Essen kommt. Immer noch empfinde ich Scham für meinen unkontrollierbaren Gefühlsausbruch nach dem Aufwachen.

„Ich möchte mich nochmals entschuldigen für mein Verhalten heute Morgen.“

Der Magen dreht sich mir dabei um.

Ruth schaut mich ernst an, legt langsam ihre Serviette zur Seite, rückt ihren Stuhl etwas vom Tisch weg und sagt nach einer kurzen Stille:

„Dein Aufheulen barg das Weinen des Lebens im ganzen: Ein Urschmerz, in welchem Liebe und Tod gespeichert sind. Auch ich fühlte mich abgrundtief verlassen in deinem Schrei. Es gibt keinen Trost, kein Schutz, keine Garantie. Im Grunde sind wir alle allein.“

Und da heule ich auch schon wieder los, beginne, ungehemmt zu schluchzen, und diesmal kommt Ruth und umarmt mich fest auf meinem Stuhl vor meinem unberührten Essen.

Als ich wieder ruhig werde und mir die Nase geputzt habe, will ich mich schon wieder entschuldigen, aber Ruth hebt abwehrend die Hand und schüttelt den Kopf.

Dann kann ich reden.

„Weißt du, Ruth, eigentlich sollte jetzt (mein Freund, mein Geliebter?) Emil hier sein und mich trösten; Emil ist veheiratet, er ist Lehrer und er ist jetzt in der Schule und unterrichtet. Wir sind noch nicht lange ein Paar, und ich bin schwanger geworden, ohne dass wir das abgesprochen hatten; ich wollte so gerne ein Kind, ich bin ja auch schon achtunddreißig Jahre alt, und ich fühlte, dass er der richtige Mann ist, mit dem ich mir eine Zukunft vorstellen kann und…ich wollte ihm dies Kind schenken, wirklich Ruth, ein Geschenk meiner Liebe und meines Vertrauens. Eine freudige Überraschung sollte es werden. Ich bin so dumm. Emil ist seit fünfundzwanzig Jahren verheiratet und hat eine erwachsene Tochter, eine kleine funktionierende Familie, ein Team, das zusammen den Alltag meistert, obwohl mir Emil immer wieder sagt, dass er seine Frau nicht mehr begehrt, dass ich die Frau seiner Träume sei, dass er nun bei mir endlich angekommen sei und so weiter.

Vielleicht hoffte ich auch im geheimen, dass unser gemeinsames Kind ihm vielleicht helfen würde, sich endgültig von dieser Frau zu trennen und ein Leben mit mir, mit uns zu beginnen."

Jetzt erschrecke ich, was erzähle ich hier alles einer Frau, die ich kaum kenne? Was ist nur in mich gefahren, ich schäme mich schon wieder.

„Entschuldige," stammele ich verlegen, „ich kann mich einfach nicht zusammenreißen, ich sollte nicht so zu dir sprechen."

Ruth hat sich nun auf ihr Bett gesetzt und sieht plötzlich sehr nachdenklich und traurig aus. Ich bin egoistisch, nur auf meine Probleme konzentriert, die arme Frau, sie wird mich bald nicht mehr mögen. Aber ich mag sie und ich vertraue ihr.

„Darf ich fragen, ob du verheiratet bist?“ frage ich kleinlaut.

„Ja, du hast meinen Mann heute Morgen gesehen, wir haben vor zwei Jahren geheiratet, er hat sich scheiden lassen, er hat eine Tochter aus dieser Ehe, aber ich war nicht der Grund der Scheidung, ich lernte ihn erst sechs Monate danach kennen.“

Nun denke ich natürlich sofort, dass in Bezug auf Ruth und deren Mann alles richtig läuft und bei mir alles falsch und böse, denn Emil wird heute Morgen mit seiner Ehefrau gefrühstückt haben, während seiner heimlichen Geliebten das gemeinsame Kind rausgeschabt, rausgesaugt oder was weiß ich, wie entsorgt wurde.

Ruth hat mehr Glück: Ihr Mann möchte ein Kind von ihr. Er möchte es so sehr, dass er mir bei seinem Besuch fast etwas drängend erschien. Weil er sofort darauf zu sprechen kam, wie sie wohl doch noch zu einem gemeinsamen Kind kommen könnten. Während mir Ruth dabei irgendwie anders erschienen war, etwas angestrengt.

Zuerst rufe ich Angelika an: „Du brauchst mich nicht abzuholen, ich muss noch bis morgen bleiben, da ich zu starke Blutungen habe; sonst ist alles in Ordnung!“

Dann wähle ich die Nummer meiner Mutter. Ihre Frage „wie geht es dir, mein Schatz“ hallt dumpf nach in meiner ausgeräumten, ausgeraubten Grabhöhle und ich sage nur, es geht mir gut, gut, gut, ich hätte noch starke Blutungen und müsse bis morgen zur Beobachtung bleiben. Ich würde dann ein Taxi nach Hause nehmen, weil ich nicht wisse, wann ich entlassen werden würde.

Erschöpft lege ich mich auf mein Krankenbett. Draußen wird es heute nicht richtig hell, von mir aus nie mehr.

Knapp eine Stunde später klopft es und herein kommt Angelika: strahlend steuert sie auf mich zu. In der Hand hat sie einen Piccolo, mit dem sie mir nun fröhlich vor dem Gesicht herumwedelt.

„Los, trinken wir einen Schluck auf die neue Freiheit", dreht die Flasche auf und schenkt mir und sich einen Pappbecher ein.

Verstohlen schaue ich zu Ruth hinüber und schäme mich; was für ein Bild vermittelt Angelika von mir, wie könnte ich meinen Schmerz in einem Glas Sekt ertränken?

Ich bin verärgert und gleichzeitig sehne ich mich nach dieser früheren Leichtigkeit. Mit Geli die ganze Angelegenheit wie einen dummen Zwischenfall wegzulachen, uns totzulachen über die Wege des Schicksals, über Emil, der es nicht auf die Reihe bekommt, kurz nach mir zu sehen, uns totzulachen über die Männer überhaupt, die keinerlei Durchblick haben und die wir nicht brauchen zum Leben. Das wäre jetzt eigentlich das Richtige für mich.

„Prost", sage ich und denke „sowieso alles egal" und leere den Pappbecher in einem Zug. Ruth scheint in ihre Zeitung vertieft.

Angelika hatte mir durch ihre lockere Art schon oft über schwere Tage hinweg geholfen, einfach dadurch, dass sie da war und wir gelacht haben zusammen. Wie es wirklich in ihr aussieht, ist mir bis heute ein Rätsel geblieben, keine Ahnung, wo sie ihre Sorgen hinsteckt. Mir hat sie noch nie davon erzählt.

Als meine Freundin wieder geht, ist es draußen schon nacht geworden. Adventszeit. Unruhe kommt in mir auf. Ich verlasse mein Bett und trete ans Fenster; unser Privatzimmer befindet sich im achten Stock der Klinik, von hier oben aus kann ich über meine Heimatstadt schauen. Hier und da glitzern schon aufgestellte Weihnachtsbäume in Gärten und auf dem Marktplatz. Ich liebe diese Stadt und möchte nirgends anders wohnen. Hier bin ich geboren und aufgewachsen, hier werde ich sterben.

Kaum denke ich „sterben“, fängt mein Herz an zu rasen; es hämmert bis in meinen Hals hinauf, ich beginne zu schwitzen, zu zittern, mir wird schwindelig und ich habe das Gefühl, keine Luft mehr zu bekommen. Sterbe ich? Haben sie bei der Ausschabung etwas in mir verletzt, verblute ich innerlich?

Ich drehe mich zu Ruth um, bitte sie mit Todesangst in der Stimme, eine Schwester zu rufen, setze mich auf meinen Bettrand, bebend und schlotternd. Doch Ruth steht auf und kommt zu mir, ohne die Klingel zu betätigen. Sie setzt sich neben mich und umschlingt mich fest mit ihren Armen:

„Atme, atme ganz tief und langsam ein und aus, ein und aus, länger aus als ein, ganz tief, du kannst das!“

Folgsam atme ich aus, vor allem aus, und da bricht es schon wieder aus mir heraus. Diese langgezogenen, krampfartigen Schreie, zuerst tränenlos, wie unter Presswehen, mit weit aufgerissenem Mund und geschlossenen Augen: Stille Nacht, heilige Nacht, es kommt ein Schiff gelaaaden, da liegt es, das Kindlein, auf Heu und auf Stroh, mein Vater an seiner Zither, ich singe mit ihm, der Weihnachtsbaum brennt, meine Mutter sitzt vor dem Feuer im Kamin, es riecht nach Zimtsternen und Kokosmakronen, die Kerzen leuchten, der Garten liegt still und stumm unter blauem Schnee: Mutti, Mutti, warum bist du nie froh, es tut so weh!

Das Schreien geht in ein haltloses Wimmern über, Ruth hat ihre Arme um mich etwas gelockert und beginnt nun, mich sanft hin und her zu wiegen, bis ich mich wieder beruhigt habe.

Dies sollten für lange Zeit die letzten Tränen gewesen sein, die ich um mich geweint habe. Denn ab jetzt erstarre ich innerlich zu Stein. Eine geräuschlose Leere breitet sich aus in mir und vorsichtig löse ich mich von Ruth, indem ich ein verschämtes Danke flüstere und Ruth ohne ein Wort zurück in ihr Bett geht.

Frühes Abendessen: Wir beide Frauen wieder an dem kleinen Tisch.

„Ich habe eine HNO-Praxis“ erkläre ich Ruth, ohne dass sie mich danach gefragt hätte. „Am Montag werde ich wieder arbeiten und dann bin ich abgelenkt, meine Patienten brauchen mich, ich mache meine Arbeit gerne.“

Ruth lächelt zustimmend.

„Was arbeitest du?“ frage ich so beiläufig wie möglich.

„Ich bin Psychologin und habe eine verhaltenstherapeutische Praxis“, antwortet Ruth zwischen zwei Bissen Käsebrot.

Ah ja, denke ich, deshalb. „Deshalb hast du dich so um mich gekümmert, du hast mir so sehr geholfen!"

„Nein, nicht deshalb, ich habe dir als Frau beigestanden, als Frau und Freundin."

Sie hat Freundin gesagt. Nie hätte ich mir träumen lassen, dass ich so schnell noch einmal eine Freundin finden würde neben Angelika. Meine Mutter glaubt ja sowieso nicht, dass ich eine echte Freundin habe, sie ist, wie schon gesagt, der Meinung, dass die nur von mir profitieren möchten. Hätte sie gehört, dass eine Frau nach ein paar Stunden sagt, sie sei meine Freundin, hätte sie es kaputt geredet. Und wahrscheinlich hätte ich ihr geglaubt, denn ich habe Ruth nichts gegeben außer meinem Leid.

Sollte nicht Emil hier sein, sollte er nicht schon längst nach mir gefragt haben? Da fällt mir ein, dass er ja gar nicht wissen kann, dass ich nicht zu Hause sein werde und er womöglich gerade vor meiner geschlossenen Türe steht. Kurz darauf klingelt mein Handy: Emil!

„Hallo, ich bin es, ich stehe vor deinem Haus, aber du machst nicht auf. Was ist los?" fragt er aufgeregt.

„Ich muss noch eine Nacht in der Klinik bleiben, weil ich so starke Nachblutungen habe."

Wie klang meine Stimme? Ist mir der richtige Ton gelungen zwischen leichter Traurigkeit und tapferer Hinnahme? Weil, wo sollte denn die Schuld dieses Mannes liegen, der sagt, dass er mich liebt, jedesmal, wenn er von seiner Familie zu mir kommt und jedesmal, bevor er wieder dorthin zurückkehrt? Und weshalb sollte er denn traurig sein? Er hat ja nichts verloren, in ihm ist nichts gestorben, dort ist immer noch die Liebe zu mir: für ihn dürfte jetzt alles in Ordnung sein.

In meiner Stimme muss dennoch ein Vorwurf mitgeschwungen haben, denn Emil bleibt stumm.

„Bist du noch da?" frage ich zögerlich.

„Es tut mir so leid, so leid!" Emil weint. Emil versucht, ein Schluchzen zu unterdrücken! Balsam auf meiner Seele und vollkommene Verwirrung zugleich.

„Ich komme noch vorbei, ich möchte dich sehen, bis gleich!" Emil hat aufgelegt. Aufgewühlt gehe ich ins Bad und mache mich etwas zurecht, denn auch heute Abend möchte ich meinem Geliebten gefallen, möchte ihn mit geröteten Wangen empfangen, ihm mit weit geöffneten Armen entgegenfliegen, während er eine weitere Lüge erfinden wird, um seine Abwesenheit zu Hause zu rechtfertigen. Heute stört mich das kein bisschen.

Aus dem Spiegel im Bad blickt mir eine bleiche, traurige Frau entgegen. Eine Schwindsüchtige ohne Hoffnung auf Gesundung: Aufgerissene Augen, aus denen mich Erschrecken und Hilflosigkeit anstarren. Ich versuche ein Lächeln, aber es gerät zur Fratze. Ich kehre in mein Bett zurück.

„Emil kommt noch vorbei", sage ich beiläufig zu Ruth hinüber, die in einem Buch liest.

„Wie schön!", meint sie sichtlich erfreut und liest weiter. Ihren raschen, prüfenden Blick auf mich habe ich wahrgenommen.

Und da ist er, so wie ich ihn liebe: Groß, etwas schüchtern, aber nicht unsicher, begrüßt er Ruth und dann – nimmt er mich schweigend in seine Arme – und dann – schaue ich in seine tränengefüllten Augen und dann – frage ich mich, weswegen er weint: wegen mir und meinem Leid, wegen des Kindes, das wir nie zusammen haben werden, wegen sich selbst, weil er anschließend zu seiner Frau heimkehren wird, also wegen seiner Lügen?

Wir beide betrügen. Wir betrügen gemeinsam seine Frau, ich habe ihn betrogen und bin ohne Absprache schwanger geworden, er betrügt mich mit seiner Frau und meine Mutter würde sagen, sie würde sagen, ich will es lieber nicht denken, weil sie vielleicht recht haben könnte.

Vorsichtig befreie ich mich aus Emils Umarmung.

Mir fällt nichts ein. Ihm fällt auch nichts ein, wir fühlen uns von Ruth beobachtet. Wir beiden Verräter. Wir heimlich Verliebten. Unsere Liebe hat keinen Namen, sie wird misstrauisch beäugt, sie wird hämisch belächelt, heuchlerisch verurteilt, ihr werdet schon sehen, wohin das führt, schämt euch, nun habt ihr, was ihr verdient.

Emil muss nach Hause. Seine Frau wartet. Ich habe mich um mich selbst zu kümmern.

„Morgen abend kann ich nicht zu dir nach Hause kommen. Wir sind eingeladen, da muss ich hin."

Müde denke ich, geh doch, und denke, lasst mich doch alle in Ruhe, ist mir doch alles egal. Ist Emil ein Feigling oder ist es sein Verantwortungsbewusstsein oder sein Glaube (bis dass der Tod uns scheidet)? Ich glaube im Augenblick an gar nichts mehr.

Emil ist gegangen und auf den Fluren der Klinik ist Ruhe eingekehrt. Durch die Medikamente haben meine Blutungen nachgelassen und die Schwester gibt mir eine Schlaftablette, nachdem sie nochmals meine Temperatur gemessen hat. Alles in Ordnung. Die Nacht, die lange Nacht kann kommen.

Ich schlief überraschenderweise tief und fest. Beim Aufwachen bin ich trotz der schwarzen Wolke über mir erstaunlich ruhig. Ruth und ich frühstücken an dem kleinen Tisch zusammen, wir tauschen unsere Adressen und Telefonnummern aus und versprechen einander, in Kontakt zu bleiben. Mehr nicht, über mehr sprechen wir nicht.

Denn dann beginnt auch schon die Visite, wir erfahren, dass wir beide nach Hause gehen dürfen.

Schweigend packen wir unsere Sachen zusammen. Ruth wird von ihrem Mann abgeholt, ich werde mir unten an der Rezeption ein Taxi bestellen. Wir umarmen uns zum Abschied, keine einzige Träne, wenig Worte und jede geht ihrer Wege. Ihre gespeicherte Adresse in meinem Handy ist trotzdem wie ein Anker, wie eine Insel, wie eine Heimat. Ohne Ruth schaffe ich das Ganze nicht, vielleicht bilde ich mir das auch nur ein.

Kaum zu Hause angekommen, kündigt Mutter ihren Besuch an.

„Hast du etwas zu essen, brauchst du etwas, ich bin in einer Stunde bei dir.“

Ach Mutti. Ich möchte, dass du kommst und ich möchte es gleichzeitig nicht. Meine Mutter ist keine, die um den heißen Brei herumredet. Sie kommt, greift sich meine Hand, drückt sie etwas zu fest und beginnt sofort damit, die Dinge, die Menschen und die Welt bei ihrem Namen zu nennen:

„Mach dir nichts daraus, mein Schatz, das vergeht wieder. Jeder weiß ja, dass das Risiko, in deinem Alter eine Fehlgeburt zu haben, sehr hoch ist. Und die Natur ist klüger als wir Menschen; wer weiß, womöglich hätten wir auch noch ein krankes Kind bekommen, so ein Mongoloidchen, das hätte uns gerade noch gefehlt."

Sie tätschelt noch ein wenig meine kalte Hand. Dass sie mir keine Vorwürfe macht und dass sie Emil nicht verdammt, nehme ich als Zeichen ihrer Liebe zu mir, denn wer weiß schon, was wahre Liebe ist.

„Lug und Trug", würde Frau Dornbusch angesichts meiner unglücklichen Lage darauf antworten; auch die Vermutung, dass es nichts als Liebe sein müsse, wenn sich ein Mann ein Kind von seiner Frau wünscht, erscheint mir plötzlich schal. Glückliche Ruth?

Meine Mutter befiehlt mir, im Bett liegen zu bleiben und mich auszuruhen, dann verabschiedet sie sich, denn sie hat noch einen Friseurtermin und will sich die Nägel machen lassen.

Meine Umwelt, meine Mutter, meine eigene Stimme – alles erscheint mir fremd. Alles, was ich vor meiner misslungenen Schwangerschaft als schön empfand, verursacht nun einen schneidenden Schmerz: Der Baum vor meinem Fenster, welcher noch ein letztes Blatt festhält, die winterdunklen Wolken, oder auch der strahlende Sonnenschein. Schnee, der wie Edelsteine glitzert oder ein Vogel in schnellem Flug. Alles erscheint dunkel und schwer. Auch die Glocken unserer Kirche, deren Klang ich so sehr mag, weil er mich an Heimat, an leichtere Tage erinnert, kann ich kaum ertragen und ich halte mir die Ohren zu.

Als hätte ich mir das Recht verscherzt, das Schöne in unserer Welt zu genießen; ich, die es nicht geschafft hat, Leben zu geben, in deren Bauch kein Lebewesen heranwachsen durfte. Mein und Emils Kind der Liebe: verloren.

Aber ich weine nicht mehr. Meine Gefühle sind eingefroren: keine Liebe, keine Leidenschaft, keine Wut. Vielleicht einen Hauch von Scham? Weshalb habe ich uns dieses Leid zugefügt? Mit einer Schwangerschaft pokert man nicht, man wird nicht „mal schwanger“ und schaut dann, was passiert. Nicht unter den Umständen, in denen sich Emil befand und noch befindet. Ich bin bestraft. Bin nichts wert außerhalb meiner Praxisräume, ich habe keinen Mann, kein Kind und bin achtundreißig Jahre alt.

Die Blutung ist fast gestillt. Emil wird heute abend kurz anrufen, aber ich weiß nicht, was ich mit ihm reden soll. Und genau das sage ich ihm auch:

„Mir geht es nicht besonders, ich melde mich wieder, wenn es mir besser geht.“

„Lass mich nicht so lange warten“, bettelt Emil mit weinerlicher Stimme.

Weine nur. Du hättest niemals „warum“ fragen dürfen, als ich dir sagte, dass ich schwanger sei von dir. Deine Liebe zu mir hätte über jedes Warum erhaben sein müssen.

Emil teilt mir mit, dass es in seiner Schule ein großes Schulfest geben wird. Seine Frau wird auch dort sein und bei der Kuchenausgabe mithelfen. Da könnte ich mich unter die Eltern mischen, niemand wird mich kennen. So könnten wir uns wenigstens kurz sehen, er würde sterben vor Sehnsucht nach mir. Angelika meint, dass sie mitkommen würde, für sie ist das ein Spiel, wir würden einen Sekt vorher trinken, uns einen Kuchen von „ihr“ geben lassen und uns danach totlachen über das Komische dieser Szenerie.

Ich arbeite wieder ganz normal in meiner Praxis. Meine Mitarbeiterinnen haben mich freundlich nach meinem Befinden gefragt und ich antwortete freundlich, dass es mir gut ginge, nichts Ernstes, es war nichts Ernstes.

Heute ist das Schulfest. Es beginnt um fünfzehn Uhr. Angelika kommt schon um dreizehn Uhr zu mir und sofort öffnen wir eine Flasche Sekt, die ich schon kalt gestellt hatte. Dank der Wirkung des Alkohols beginnen wir wieder, uns über Gott und die Welt lustig zu machen. Angelika mimt ein braves Hausmütterchen, das von Tuten und Blasen (vor allem vom Blasen, ha ha) keine Ahnung hat und schafft es wie immer, dass ich bald Tränen lache. Leicht beschwipst machen wir uns auf den Weg zum Schulfest. Dort fragen wir ohne Erklärung nach der Frau von Lehrer Prades. Hinten, beim Kuchen, sei sie, erklärt uns eine Mutter oder eine andere Lehrerin, irgendwer eben.

Wir steuern direkt auf sie zu: ich sehe sofort, dass sie einmal hübsch gewesen sein musste, „ansehnlich“, würde meine Mutter sagen, „noch ganz passabel“, hatte Emil einmal bemerkt. „Wehrlos“, denke ich. „Schwester, Gegnerin, Leidensgefährtin…“ brandet an, bricht sich hart an meiner Trauer und verebbt.

Angelika deutet mit gespielter Freundlichkeit und ausgestrecktem Finger auf einen Kuchen und ordert zwei

Stücke. Ich beobachte jede Bewegung von Emils Frau: zu langsam, zu wenig feurig, behäbig, zwänglerisch genau. Kalt? Als ihr Blick einen Moment zu lange auf mir ruht, schlage ich die Augen nieder, als könne darin die Herrlichkeit meiner Liebesumarmungen mit Emil aufscheinen und uns verraten.

„In welche Klasse gehen Ihre Kinder?" fragt Angelika strahlend, als die Frau uns den Kuchen reicht.

„Meine Tochter hat diese Schule schon hinter sich, ich bin die Ehefrau von Herrn Prades, dem Kunsterzieher und Englischlehrer", antwortet sie etwas aufgeblasen.

Für mich fühlt es sich an wie ein Hieb und gehässig denke ich: aber nur noch so lange, wie ich es zulassen werde! Habe ich das eben wirklich gedacht? Denke ich wirklich, dass es in meiner Hand liegt, ob diese Frau, die sich allein über ihren Ehemann zu definieren scheint, weiterhin eine verheiratete Frau bleiben oder zu einer der vielen Verlassenen gehören wird, die sich den Rest ihres Lebens verbittert und enttäuscht als Opfer eines Mannes betrachten möchten?

Während ich den Kuchen bezahle, tritt plötzlich Emil hinter „seine Frau"; ich habe mich vor so einem Augenblick gefürchtet und er setzt mir weit mehr zu, als ich mir zugeben möchte. Emil, seine Frau in Größe weit überragend und sie, vor ihm stehend wie eine, die dort schon lange zu stehen gewohnt ist, eine Einheit sozusagen, in der jedes Teil genau weiß, wo es hingehört. Emil fasst seine Ehefrau an beiden Ellbogen leicht an. Eine leise Berührung, intim und vertraut. Gleichzeitig zwinkert mir Emil verschwörerisch zu. Das verunsichert und beschämt mich derartig, dass ich nichts wie weg will. Aber die Frau sagt triumphierend:

„Das ist mein Mann!"

Als würde sie sagen: dies ist mein Zuhause, dies ist meine Sicherheit, meine Heimat. Hier habe ich mich niedergelassen und eingerichtet.

Warum läuft dein Mann dann andauernd weg und sucht einen Ort, an dem er sich wohler fühlt?

Wie sie dastehen in langjähriger Vertrautheit, in der es auf der einen Seite an Respekt und Achtung mangelt, auf der anderen der Wunsch nach Aufgehobensein und Dazugehörigkeit bereit scheint, alles hinzunehmen. Die Frage nach der Liebe scheint mir hier eher eine untergeordnete Rolle zu spielen.

Dennoch steckt diese leichte Berührung ihrer Ellbogen wie ein giftiger Pfeil in meiner Überheblichkeit. Wie kann Emil diese Frau derart berühren, wenn vor ihm eine andere steht, die soeben sein Kind verloren hat? Ein Kind, das irgendwann hätte auf die Welt kommen können, hier neben mir an meiner Hand hätte stehen können, auf diese Schule hätte gehen können und ich irgendwann hätte sagen können: Schauen Sie her, dies ist das Kind Ihres Mannes! Wie kann er sich hinter sie stellen, mir gegenüber, nachdem er mich durch das kleine Wörtchen „warum" auf meinen Platz verwiesen hatte, den Platz einer heimlichen Geliebten?!

In mein Gekränktsein will sich nach einem letzten Blick auf Frau Prades wiederholt ein Hauch weiblicher Solidarität mischen, aber wie gesagt, ich habe die Geschichte mit

Rücksicht auf Mutter umgeschrieben und meine Gefühle passen sich ihr an.

„Lass uns gehen", drängle ich Angelika, der das Lachen ebenfalls vergangen ist. Was für eine Situation! Allein gehe ich nach Hause. Der Alkohol ist mir nicht bekommen, ich lege mich sofort ins Bett. Ich hätte das alles alles verhindern können. Ohne diese schreckliche Sehnsucht nach einem Kind.

Um zwanzig Minuten nach acht Uhr, also kurz nach den Abendnachrichten, ruft er mich an. Kein Frage darüber, wie es mir geht. Dafür die Frage, wie ich seine Frau finde:

„Sie sieht doch noch ganz gut aus, oder?!" Das hat er mich tatsächlich mit stolzer Stimme gefragt. Darauf fällt mir keine Antwort ein, nur spüre ich sofort den Wunsch, das Gespräch höflich zu beenden. Kann es sein, dass Emil sich kein bisschen vorstellen kann, wie es in mir aussieht?

„Was ist mit dir los?" fragt er, beunruhigt angesichts meiner spürbaren Zurückweisung.

Aber ich halte kein einziges Wort für geeignet, ihm das zu beschreiben, was er selbst nicht fühlen kann.

Er kennt mich nicht. Er kennt seine Frau. Er schiebt sie sanft und vertraut an ihren Ellbogen vor sich her wie ein Schild. Ich weiß zu wenig von Emil. Soll er doch bei ihr bleiben.

„Ich bin todmüde, bin schon im Bett und muss schlafen."

Kein Kommentar zum Schulfest und zu der Begegnung mit seiner Frau. Keine Ahnung, ob er je die Wahl haben wollte zwischen ihr und mir, sondern beides genießen: Sex, Leidenschaft auf der einen Seite, auf der anderen die Vertrautheit ihrer Ellbogen.

„Wann können wir uns wiedersehen?“ flüstert Emil (vermutlich betritt seine Frau das Zimmer).

In mir nur Leere, in deren dunklen Ecke der Selbstvorwurf lauert.

„Hast du nächstes Wochenende Zeit?“, frage ich unterkühlt und denke: „Kannst du nächstes Wochenende deine Frau so belügen, dass sie nicht mitbekommt, wo du dich in Wahrheit aufhältst, nämlich in meinen Armen“?

„Ich werde es versuchen, ich werde alles versuchen, um dich zu sehen; du fehlst mir, ich möchte immer bei dir sein, ich werde dir einen Brief schreiben, ich möchte dir etwas erklären.“

„Ist gut“, sage ich und „du fehlst mir auch“, und das ist trotz aller eingefrorenen Gefühle nicht gelogen, es hört sich für mich zur Zeit nur so fremd an.

Dann umgibt mich wieder Stille. Soll ich Ruth anrufen? Aber worüber soll ich reden mit ihr? Aufgrund ihres Berufes meint sie vielleicht, sie müsse mich therapieren, mir zuhören, ohne von sich selbst zu sprechen, eine einseitige Beziehung, wie schrecklich.

Ich stehe auf, um noch eine Kleinigkeit zu essen. Ohne jeglichen Appetit. Meine Küche sieht irgendwie anders aus, auch ich selbst scheine darin neben mir zu stehen, mit meiner Einlage in der Unterhose, mit meinem geschlossenen Muttermund, der zu nichts zu gebrauchen ist, mit meiner Scheide, die zu nichts zu gebrauchen ist; erst nach drei Wochen sei Sex wieder unbedenklich, und schwanger, so unterrichtete mich der Arzt, sollte ich erst in sechs Monaten wieder werden.

Keine Sorge. Die Sache mit dem Kinderkriegen ist für

mich gelaufen. Ich werde mich damit abfinden, als kinderlose Frau zu altern, wer will denn in diese Welt noch Kinder setzen, da mache ich es mir doch lieber schön und gehe auf Reisen. Ob ein Mann, der eine Frau wirklich liebt, auf jeden Fall ein Kind mit ihr zeugen und für beide sorgen möchte, ist mir doch egal.

Das Gesicht von Emils Frau drängt sich mir auf und stülpt sich über meines. „Das ist mein Mann", sagt eine Diebin, die unterwegs ihr Diebesgut verloren hat und es jetzt an falscher Stelle zurückfordert.

Wie wird es sich für Emil anfühlen und für mich, wenn er das erste Mal sein Glied in dieses Grab einführt, in diese ausgeschabten Gänge, in denen womöglich immer noch Fetzen einer erträumten, ersehnten Möglichkeit herumirren?

Das hast du mir angetan, Emil.

Nein, das habe ich mir selbst angetan, das habe ich in Kauf genommen, es war meine einsame Entscheidung. Alles habe ich selbst entschieden und habe es nun selbst zu durchleiden. Dort, in dem Hotelzimmer in den Bergen, dort habe ich seinen Samen empfangen, bin nicht gleich aufgestanden, um mich zu waschen, bin liegengeblieben in dieser wohligen Wärme, während, du, Emil, früher aufstehen musstest, weil deine Frau wartete, ich aber über Nacht in diesem Zimmer bleiben konnte. Nie konntest du bis zum Morgen bleiben, häufig nahmst du in Kauf, auch mitten in der Nacht, viele Kilometer zurück zu deiner Frau zu fahren, frag nicht, wie mich das immer verletzt hat.

Ich trete ans Fenster und schaue hinaus. Es schneit! Bald ist Weihnachten, wo werde ich es verbringen, mit wem? Dieses Mal nicht mit meiner Mutter. Ich muss mir etwas überlegen, eine Ausrede, eine längst geplante Fortbildung, weit weg, mit Kollegen, die sich entschieden haben, über Weihnachten in dem kleinen Dorf in den Bergen zu bleiben und sich mal in aller Ruhe auszutauschen. Eine gute Idee. Alles Kollegen und Kolleginnen ohne oder mit erwachsenen Kindern. Im Erzgebirge, sehr idyllisch, viel Schnee, uriges Hotel, Schneespaziergänge durch märchenhafte Landschaften. Wir kinderlose Frauen sind frei.

Ich werde das meiner Mutter gleich mitteilen, damit sie Zeit hat, sich damit abzufinden, es wird schwer werden. Sie hält es für meine Pflicht, für ein Naturgesetz, dass ich mich an Weihnachten um sie kümmere. Dass wir gemeinsam unseren Rehbraten mit Spätzle kochen, so wie es immer Tradition war, als Vater noch lebte.

Mir hat das bisher nichts ausgemacht, ich fand es, wenn ich gerade in keiner Beziehung war, immer gemütlich, vor allem, weil Mutter dann ihre berühmte Weinschaumcreme kocht, Weißwein mit Ei, und sie dann irgendwann ganz rührend beduddelt ist. Sie kann dann richtig lustig werden und wir können sogar zusammen lachen.

Mit Emil ist ja nicht zu rechnen. Seine Tochter, die ich mir jetzt als Abbild ihrer Mutter vorstelle, schmückt den Weihnachtsbaum und dann gehen die drei vor dem Abendessen (immer dasselbe, Kartoffelsalat mit Würstchen) in die Kirche und ich stelle mir weiter vor, wie Emil „Stille Nacht, heilige Nacht“ singt, denn er hat eine schöne

Stimme und ich stelle mir weiter vor, wie er dann nach der Hand seiner Frau greift, denn die Zärtlichkeiten gingen schon seit jeher von ihm aus, von ihr ging nie etwas aus, sie empfing immer nur. Einen Hauch von Leidenschaft meinte er nur in jener Zeit zu erkennen, da sie ein Kind wollte, was ziemlich schnell klappte. Eine Steißlagengeburt, sie hatte wohl schreckliche Angst, ob alles gut gehen würde und dann, als die Tochter schließlich in ihrem Arm lag, da haben er und sie geweint, sie aus Erleichterung, er aus Rührung.

Solche Dinge erzählt mir Emil und ich gebe vor, mich dafür zu interessieren und dabei so zu tun, als würde mich nicht jedes seiner Worte in Grund und Boden stampfen.

Ich habe mich oft gefragt, weshalb ich mir das überhaupt anhöre, nicht einfach sage, das interessiert mich nicht oder deine Vergangenheit geht mich nichts an, hat nichts mit uns zu tun. Doch manchmal will ich es wissen, auch wenn oder vielleicht gerade weil es weh tut. Vielleicht um meiner Mutter in irgendeiner Weise recht zu geben, dass ich, während ich mir solche Geschichten anhöre, eine Schlange bin, eine falsche Schlange.

Als die Frau dann Emils Tochter unter den geschilderten Qualen auf die Welt gebracht hatte, wollte sie alsbald nichts mehr von Sex wissen. Kuscheln und Löffelchenstellung, das ja. Irgendwann, so Emil, zog er dann aus dem gemeinsamen Schlafzimmer aus, schlief im Arbeitszimmer, so kam er nicht mehr in die Gefahr, zurückgewiesen zu werden. Es war ihm eine Erleichterung, wenn er ihr schweres Atmen nachts nicht mehr mit anhören musste, denn die Frau litt anscheinend unter gelegentlichen Alpträumen und Angstattacken, fürchtete sich vor „dem schwarzen Mann". Ich dachte, das ist womöglich ihr schlechtes Gewissen, dieser schwarze Mann, denn sie hat geheiratet aus Sicherheitsgründen, aus Versorgungsgründen, und sobald sie ihr Kind hatte, gab sie für immer ihren Beruf als kaufmännische Angestellte auf. Ausgesorgt. Denn dass sie jung und hübsch war, das hatte Emil genügt. Seither bringt sie den Haushalt auf Hochglanz und läßt ihrem Ärger freien Lauf, wenn Emil zum Beispiel zu früh nach Hause kommt und der Fußboden vom Wischen noch nicht trocken ist. Wie sie ihre Tage verbringt, nachdem die Tochter nun ausgezogen ist, ist mir ein Rätsel.

Morgen werde ich Ruth anrufen. Ich möchte sie kennenlernen, ich möchte sie wiedersehen.

„Wie geht es dir Ruth, hier ist Lisette", gebe ich mir Mühe, freundlich und froh zu klingen, was mir natürlich nicht gelingt, nicht vor Ruth.

„Wie schön von dir zu hören!" Sie scheint sich wirklich über meinen Anruf zu freuen. Dann wartet sie, dass ich weiterspreche, was mir nicht leicht fällt, denn wie führt man eine erst kürzlich begonnene und als Freundschaft definierte Beziehung fort, wer ergreift die Initiative, wer führt, wer folgt?

Wie schon gesagt, meine Mutter glaubt nicht an Frauenfreundschaften. Sie hatte nie eine und ob sie sich je danach sehnte, keine Ahnung.

„Ich hatte schlimme Tage, Ruth, aber jetzt geht es wieder bergauf mit mir. In der Praxis gibt es viel Arbeit: Erkältungen, Grippe, das Übliche in der kalten Jahreszeit und an manchen Tagen bin ich sehr viele Stunden dort. Gott sei Dank habe ich über Weihnachten eine Woche Urlaub, da freue ich mich darauf. Und du, Ruth, wie läuft es bei dir?!"

„Was hast du über Weihnachten für Pläne?", fragt sie mich ohne auf meine Frage einzugehen.

Soll ich jetzt sagen, dass ich normalerweise mit meiner Mutter vor dem Kamin sitze und Rehbraten esse und Weinschaumcreme trinke? Soll ich lügen und sagen, ich würde in den Skiurlaub mit einem alteingesessenen Bekanntenkreis (immer dieselbe Clique) fahren, so wie all die Jahre zuvor?

„Ich weiß es noch nicht, ich habe nichts Bestimmtes vor", sage ich wahrheitsgemäß, wobei ich natürlich auf jeden Fall Angelika hätte erwähnen können als Möglichkeit, aber mit ihr habe ich noch nie Weihnachten gefeiert, wir trafen uns einmal zur Abendvesper in der Kirche, da hatten wir beide schon etwas getrunken und mussten beim Absingen von „Oh du fröhliche" glucksend lachen, ich hatte Sorge, dass mich einer meiner Patienten so sehen könnte. Wenn Ruth mich so sehen würde, wäre sie bestimmt auch enttäuscht von mir, denn so benimmt sich eine Frau in meinem Alter einfach nicht; und sie weiß ja nicht, dass dies nur ein Hilfsmittel ist, von mir selbst abzusehen, das Schwere in mir für eine zeitlang zu vergessen, einfach wegzulachen.

„Möchtest du mit uns in die Berge fahren? Wir haben eine kleine Hütte bei Tirol gemietet, jetzt ist eine Bekannte von uns krank geworden und kann nicht mit, also hätten wir ein Zimmer frei. Ich würde mich sehr freuen, wenn du mitkämst. Wir sind mein Mann und ich, seine Tochter und eine Freundin von mir, mit dir wären wir dann fünf. Wir könnten dann mal in Ruhe reden und uns näher kennenlernen."

Mein Herz macht einen Sprung: das erste Gefühl von Freude seit dem Verlust. Ich bin aufgeregt, froh, Ruth möchte mich bei sich haben, an Weihnachten, mich!

„Störe ich da auch nicht?"

„Das war eine Einladung, die sagt, dass ich dich gerne dabeihaben möchte. Ob du dich als störend empfindest oder als willkommen, liegt allein an dir."

Ich muss endlich einmal aufhören damit. So zu tun, als wäre mir Nehmen nicht möglich, da es mich in eine Lage versetzt, die mit Dankbarkeit zu tun hat: Sich lieben lassen heißt, in Demut den Kopf senken.

Genau das fällt mir schwer. Was meine Mutter mich über Liebe gelehrt hat, war das Gegenteil. Nämlich den Kopf in Lauerstellung halten, um nicht geschluckt und bei Nichtgefallen wieder ausgespuckt zu werden; um nicht untergeordnet zu werden und von dort aus um Zuneigung betteln zu müssen.

Deshalb ist meine Art zu lieben immer die nachgetragene Liebe. Ich trage sie demjenigen nach, von dem ich mir wünsche, dass er mich auch mögen würde. Und mich ansieht und mich erkennt und mich beantwortet. Womit könnte ich Ruth für mich gewinnen? Mutters Stimme klingt mir im Ohr: „Ruth, wer ist jetzt Ruth schon wieder?"

Dann wird sie mich dazu bewegen, kleinlaut und beschwichtigend von einer neuen Bekannten zu erzählen, die ich in der Klinik kennengelernt habe und die nun zufällig ein Zimmer frei hat in einer Berghütte; und da ich ein bisschen Bergluft gut vertragen könne nach all dem, nach der glücklosen Schwangerschaft, hätte ich mich entschlossen, Weihnachten mit deren Mann und zwei anderen Frauen zu verbringen. Worauf mir Mutter einen vorwurfsvollen, enttäuschten, viel zu langen Blick zuwerfen würde; für wildfremde Leute, wird sie sagen, läßt du deine Mutter an Weihnachten im Stich. So eine Tochter bist du und wahrscheinlich wärst du auch so eine Mutter geworden. Rücksichtslos und egoistisch.

„Ich würde dein Angebot sehr gerne annehmen", sage ich entschlossen zu Ruth.

Am nächsten Tag hole ich einen Brief von Emil aus dem Briefkasten. Herzrasen. Ob er unsere Beziehung beenden möchte oder ob er mir wieder ewige Liebe schwört?

Meiner Verwirrung nach ist beides möglich. Zuerst drücke ich den Briefumschlag an mein Gesicht, suche Emils Duft, seine Berührung an meiner Wange. Doch gleich ist die Angst wieder da und ich lasse den Brief zuerst einmal auf dem Tisch liegen. Dabei schiele ich immer wieder auf seine Schrift: sie ist wunderschön, sie trägt seinen Namen und unsere Geschichte. In einem Ordner sammle ich alle seine Briefe, seine Gedichte und seine Zeichnungen, die ich von ihm bekommen habe. Angesichts der kurzen Zeit sehr viele. Manchmal, behauptet er, schreibe er im Lehrerzimmer in einer Hohlstunde, es sei auch schon vorgekommen, dass er auf einer Konferenz mit Kollegen nebenher einen Brief oder ein Gedicht an mich geschrieben habe, immer voller Sehnsucht nach mir.

Wo er wohl seinerseits meine Briefe an ihn versteckt?

Vielleicht bewahrt er sie ja vorsichtshalber gar nicht auf, sondern wirft sie in einen Abfalleimer auf der Straße oder zerreißt sie in tausend kleine Fetzen und spült sie die Toilette hinunter? Alles ist möglich. Deshalb muss ich ganz vorsichtig sein jetzt. Zuviel wurde schon entsorgt, viel, viel zuviel. So dass nun die Frage laut wird, was übrigbleibt.

Vorsichtig öffne ich Emils Brief, um den Umschlag nicht zu beschädigen, denn selbst dieser ist mir heilig. Dann gieße ich mir ein Glas Wein ein, nehme meine Kuscheldecke und lege mich auf mein Sofa.

Meine geliebte Lisette,
als du mir sagtest, dass du schwanger bist, war mein allererster Gedanke: jetzt ändert sich alles! Mir war klar, dass es nur zwei Möglichkeiten geben würde, nämlich entweder ich verlasse sofort meine Frau und wir ziehen zusammen oder du würdest das Kind, unser Kind, alleine aufziehen und mir womöglich entziehen, da es ein heimliches Kind bleiben müsste und ich gezwungen sein würde, mein altes Leben in noch größerer Lüge weiterzuführen.
Ich will sehr ehrlich sein: ich war mir nicht sicher, welche Möglichkeit du angedacht hast, denn wir haben noch nie über solche Dinge miteinander gesprochen; ich weiß doch gar nicht, wie du dir dein Leben vorstellst, deine Arbeit mit einem Kind, ob da ein Mann einen Platz haben könnte und wie du dir ein Zusammenleben vorstellst. Vielleicht hast du auch, wenn wir sehr glücklich beisammen waren, gedacht, so könnte es ewig bleiben: sich lieben ohne Verpflichtung, sich lieben ohne Bedin-

gung, sich lieben in unabhängiger Verbundenheit, in beiderseitiger Unabhängigkeit. Vielleicht habe auch nur ich so gedacht. Ich weiß inzwischen, dass es dich zutiefst gekränkt haben muss, als meine erste Reaktion ein „warum?“ und nicht einfach Freude war. Das tut mir sehr leid.

Doch es traf mich so völlig unvorbereitet, mitten in einem Leben, das mir bisher einen Rahmen vorgab, innerhalb dessen ich ganz gut funktionieren konnte, meiner Arbeit nachgehen, meine Tochter begleiten und meine Kontoauszüge in Ordnung halten konnte. Das erscheint dir vielleicht spießig, aber es ist wahr: ich bin im Grunde nicht sehr risikofreudig und dann und wann leide ich unter diffusen Ängsten (wobei ich denke, dass dies mit meiner Ehe zu tun hat).

Jetzt denkst du bestimmt: wer fremdgehen kann, geht auch ein Risiko ein. Ich gehe „fremd“, ja. Aber nicht aus dem Wunsch nach Abwechslung heraus, nicht im Sinne von „mal was anderes ausprobieren“. Bevor ich dich kennengelernt habe, dachte ich gelegentlich, dass ich mein bisheriges Leben so weiterleben könnte. Ohne Erwartungen an die große Liebe oder an eine Heimat, in der ich mich endlich angekommen fühle. Nun sehne ich mich an deine Seite, möchte mit dir durch den Tag gehen, möchte dich nachts neben mir haben und tagsüber mich freuen, bis ich dich wiedersehe.

Es stimmt: dir das so offen einzugestehen wage ich erst jetzt, ich weiß und wusste einfach nicht, wie du dazu stehst. Du erscheinst so frei, so selbständig, so stark. Als wärst du eine Frau, die leidenschaftlich und intensiv eine Beziehung eingeht, aber keine Frau, die dann Si-

cherheit und enge Gemeinsamkeit sucht; keine Art Frau, die mich liebt, weil sie mich braucht. Bisher war ich es gewohnt, vor allem gebraucht zu werden. Das gab mir Sicherheit, ich gestehe es. Dann teilst du mir aus heiterem Himmel mit, dass du schwanger bist.
Mein „warum“ war ein unsicheres, ein völlig unbedachtes Wort, wie wenn es plötzlich im Sommer anfinge zu schneien und wir erstaunt und perplex fragen würden „warum, wie kann das sein?“ Ich hatte, liebe Lisette, absolut nicht damit gerechnet.
Jetzt fühle ich mich wegen dem, was du durchmachen musstest, völlig zerbrochen.
Gestern nacht hatte ich eine furchtbare Panikattacke, ich dachte, ich bekäme einen Herzinfarkt und konnte nicht mehr zurück in mein Bett gehen. Meine Frau wollte den Notarzt holen, denn ich fing an zu weinen und zu zittern. Was haben wir einander angetan? Wie können wir das wieder gutmachen?
Alles was ich möchte, alles was ich ersehne, bist du, daran darfst du keine Sekunde zweifeln. Ich liebe dich von Herzen, dein Emil.

Den Brief lege ich jetzt zunächst einmal auf die Seite. Ich werde mich nicht fragen, was seine Worte in mir auslösen, ich will sie auch nicht nach Antworten für die Zukunft abtasten. Auch über den neuerlichen Ausdruck „meine Frau“ will ich im Augenblick nicht nachdenken, nicht, ob ich Mitleid mit Emil habe oder was ich sonst empfinde. Was ich jetzt als nächstes tun werde, ist meine Mutter anrufen und ihr mitteilen, dass ich Weihnachten mit Ruth in den Bergen verbringen werde.

„Hallo Mutti, bist du schon im Bett?"

„Ich, im Bett, von wegen, ich bin den ganzen Tag mit Weihnachtsvorbereitungen beschäftigt, hier ein Geschenk einpacken, dort ein paar Plätzchen backen, und du weißt ja, wie das ist. Und dabei immer dieser Schwindel im Kopf, manchmal fürchte ich, dass mit meinem Gehirn was nicht stimmt. Was möchtest du?"

Schon wieder bin ich ein Kind, das die Hausaufgaben nicht gemacht hat und dies nun beichten muss.

„Ach, nichts Wichtiges, oder doch: ich werde dieses Weihnachten mit Freunden in den Bergen verbringen, ich wurde eingeladen und glaube, dass mir etwas Abwechslung gut tun würde. Wäre das arg schlimm für dich?"

Schweigen am anderen Ende der Leitung, darauf war ich vorbereitet.

„Mutti, bist du noch da?"

„Muss das sein?" fragt eine kränkelnde Stimme, in der sich Enttäuschung, Strafe und Vorwurf aufbäumen. Kein Wort darüber, wie es mir geht. Sie steht an erster Stelle, ich bin unwichtig, meine Dramen sind Sandkastenspiele, man wäscht mich unter der Dusche ab und fertig.

„Weißt du", lenke ich ein, „es geht mir nicht besonders gut, ich muss das alles erst verkraften. Und Emil hat mir geschrieben, er scheint auch völlig fertig zu sein."

Das war der richtige Aufhänger, meine Mutter kommt in Schwung.

„Der ist doch selbst schuld! Wenn ein Mann nicht aufpasst, kann er eben reingelegt werden, so ist das. Der soll froh sein, dass alles so ausgegangen ist, wenn es auch für dich schlimm ist. Aber das hätte doch dem sein ganzes

Leben durcheinander gebracht. Was hätte der Mann denn tun sollen?“

Reingelegt. Emil wurde von mir also reingelegt. Mutti bringt es mal wieder ganz einfach auf den Punkt. Wenn ein Mann nicht ausdrücklich ein Kind von einer Frau möchte, sie jedoch trotzdem schwanger wird, dann wurde dieser Mann von dieser Frau reingelegt. Er ist dem hilflos ausgeliefert, will er das Kind nicht, muss er dennoch dafür bezahlen, denn er hatte schließlich das Vergnügen und ist schließlich der Vater. Ich bin die Schlange. Meine Mutter ist die Heilige. Sie hat mich im Namen der Liebe und auf ausdrücklichen Wunsch meines Vaters empfangen.

Drei Tage vor Weihnachten. Es hat wie meistens nicht geschneit, draußen erwartet mich ein grauer, dunkler Reisetag. In den Bergen wird es strahlend und hell sein, vielleicht.

Ich fühle wenig. Ob ich mich in einer sogenannten depressiven Phase befinde, müsste ein Psychiater klären; aber nachdem es mir nach einem oder zwei Gläsern Wein stets etwas besser geht, werde ich es ohne chemische Stimmungsaufheller versuchen.

Mir kommt ein kleines Büchlein in den Sinn, in dem eine Mutter für ihre gerade geborene Tochter deren zukünftige Phasen des Lebens beschreibt. Ein Satz lautet: „Einmal wirst du, mein geliebtes Kind, durch ein tiefes Tal gehen müssen…“ Genau so fühle ich mich. Mein Weh ist unbeschreiblich. Es ist eng mit der Natur draußen verbunden, es reibt sich am Leben, es wird von einem am Baum vergessenen, verschrumpelten Apfel befeuert, ein

Vogellaut oder ein Hundebellen bringt es zum Bluten, ein Kinderlachen reißt ihm den frischen Schorf herunter.

Ich rufe Angelika an und verabschiede mich. Dass sie etwas eifersüchtig ist auf meine neue Freundin, weiß ich, darüber reden wir nicht. Auch nicht darüber, wie es in mir aussieht, das ist nicht unser Thema.

„Ich brauche den Tapetenwechsel, weißt du", ist mein einziger Hinweis auf meine Flucht in die Berge.

Wo bist du jetzt, mein Kind?

Emil verabschiedet sich mit Grabesstimme am Telefon von mir. Da ich noch keinen Sex haben darf, wollte ich nicht, dass er vorbeikommt. Aber das ist natürlich nicht der wahre Grund. Ihn jetzt zu fühlen und zu riechen würde mich auf die Seite des Lebens ziehen wollen. Ich bin auf der Seite des Todes, dort, wo unser Kind ist.

Emil sagt, dass es ihm nicht gut geht, dass er sich müde und ausgebrannt fühle, zuviel Stress vielleicht in der Schule, er sei erschöpft und antriebslos. Ist das seine Art, es zu verarbeiten? Er läßt seinen Körper zu mir sprechen, aber ich habe keinerlei Antworten für ihn.

„Ich werde zum Arzt gehen", sagt Emil, „ich muss mich untersuchen lassen." Ob der Arzt seinen Schmerz finden wird, denke ich und ob Emil sich ihm dann stellen würde?

„Ich werde dich vermissen", stammelt ein Vater, der eine erwachsene Tochter hat von einer Frau, mit der er verheiratet ist und ein Kind hätte bekommen können von einer anderen Frau, die er liebt. Über ihn weiter nachzudenken fehlt mir die Kraft, ich brauche sie vollständig für mich selbst.

Seinen Brief erwähne ich mit keinem Wort.

Das Häuschen in den Bergen liegt verschneit und friedlich zwischen anderen verschneiten und friedlichen Häuschen. Es ist still. Das Leben scheint stehengeblieben. Hier und da glitzert ein Christbaum und einzelne Menschen mit Skiern oder Schlitten kehren von ihren Abfahrtshängen zurück in ihr Urlaubsquartier; keine halbe Stunde mehr, dann ist alles dunkel. Aus den Kaminen tänzelt weißer Rauch. Der Schnee ist schwer und blau.

Bevor ich fertiggedacht habe, dass ich mich am liebsten in dieses kalte Grab hineinlegen würde, öffnet sich eine Türe und heraus tritt meine Freundin mit einem warmen Lächeln und weit ausgebreiteten Armen. Sie riecht nach Kuchen, nach Holz, nach Küche, nach einer Heimat.

„Wie schön, dass du da bist, komm herein, es ist kalt."

Wir umarmen einander, ich bin ein kleines Mädchen. Drinnen kommt mir mit ausgestreckter Hand ihr Mann entgegen; ich denke sofort, der ist das Gegenteil von Emil: Agil, gewandt, fordernd, lenkend, einer, der immer weiß, was er will und dies mit einer klaren und frischen Stimme kommuniziert.

„Wir haben einander ja schon einmal gesehen", begrüßt er mich. „Ich freue mich, dass es dieses Mal in einer schöneren Umgebung ist. Ich heiße Wolfgang."

„Ich bin Lisette." Natürlich sind wir gleich per Du.

„Meine Tochter und unsere Freundin räumen gerade die Skier auf, ein herrlicher Tag war das heute und ein Bilderbuchschnee!" „Ja, märchenhaft! Danke für die Einladung!"

In meinem mir zugeteilten Zimmer muss ich mich erst einmal von soviel Überschwang erholen. Das heißt, mich darauf einstellen. Schließlich bin ich nicht hier, um meine Wunden zu pflegen, sondern um fröhliche Weihnachten mit frohen Menschen zu feiern. Auf Kosten meiner alleingelassenen Mutter, das verlangt doppelten Ausgleich. Schnell helfen mir ein paar Gläser Glühwein, um mich in meine Rolle hineinzufinden.

Bald darauf treten Wolfgangs Tochter und die gemeinsame Freundin polternd und mit roten Wangen ein. Die Tochter ist eine hübsche junge Frau von ungefähr neunzehn Jahren. Sie stellt sich mir als Marlene vor, mit einem verhaltenen Lächeln. Die gemeinsame Freundin der Familie finde ich ganz nett, sie ist eine ärztliche Kollegin und heißt Ursula. Hautärztin in einer Klinik, ledig, lebt für ihren Beruf. So wie ich.

Was mir gleich aufgefallen ist, vielleicht weil ich besonders darauf achtgebe, ist die besondere Art, wie sich Ruth Marlene gegenüber verhält, also ihrer Stieftochter gegenüber. Stieftöchter gibt es nicht nur in Märchen, es ist die offizielle Bezeichnung für ein Mädchen, welches das leibliche Kind des Ehemannes oder der Ehefrau ist. Aber nicht das eigene. Die Partnerin des Mannes ist dann die soziale Mutter, der Partner der Frau der soziale Vater. Rechte hat man als soziale Eltern fast keine am Stiefkind, Pflichten allerdings auch nur wenige. Rechtlich.

Ruth hält sich Marlene gegenüber ganz im Hintergrund; die beiden reden, was geredet werden muss in einem freundlichen Ton, lachen auch mal zusammen, aber das Gespräch bleibt meiner Beobachtung nach auf einer Ebene, die weit entfernt von Vertrautheit ist. Vor Marlene verhalten sich Ruth und Wolfgang anders als damals im Krankenzimmer: nur flüchtig berühren sie einander,

Küsse tauschen sie keine, wahrscheinlich nehmen sie Rücksicht auf die Gefühle von Marlene, die ja noch bei ihrer Mutter wohnt, der geschiedenen Frau von Wolfgang.

Wolfgang hat seine Frau nicht für Ruth verlassen, sondern weil er mit seiner Ex-Frau nicht mehr leben wollte. Ruth hat ihn also nicht gestohlen. Aber wer weiß schon, wie das damals genau gelaufen ist.

Nach dem Abendessen soll der Weihnachtsbaum geschmückt werden, Marlene und Wolfgang übernehmen das gerne, und Ruth und ich ziehen uns mit einer Flasche Rotwein für ein oder zwei Stunden in mein Zimmer zurück, um über alles mögliche zu sprechen. Ursula hat sich vorgenommen, für den morgigen Weihnachtsabend in der Küche noch ein paar Plätzchen zu backen.

Mich interessiert eine Frage brennend: wie fühlt sich Ruth in der Nähe von Marlene, wie geht es ihr, wenn sie sieht, wie Wolfgang und Marlene ein Herz und eine Seele sind?

„Ich fühle mich entlastet“, antwortet Ruth zu meinem Erstaunen. Und dann:

„Wolfgang möchte unbedingt ein Kind von mir; immer, wenn ich meine fruchtbaren Tage habe, möchte er Sex, er spürt dann gar nicht mehr, ob ich Lust habe oder nicht, er schmeichelt, er verführt, er kontrolliert. Du kannst dir nicht vorstellen, unter was für einen Druck mich das setzt. Wenn ich dann meine Tage bekomme, sehe ich die Enttäuschung in seinen Augen und gleichzeitig beginnt er mich zu trösten, zu vertrösten auf die nächste günstige Gelegenheit. Ich bin mir manchmal nicht sicher, ob er einfach ein zweites Kind möchte oder ob er es von mir möchte. Ich selbst hatte nie einen starken Kinderwunsch. Ich bin glücklich mit Wolfgang, so wie es jetzt ist. Er hat doch schon eine Tochter. Weshalb genügt es ihm nicht, dass wir uns beide haben, einander lieben und alle Zeit nur für uns selbst auskosten können? Was wird sich zwischen uns ändern, falls ich nicht schwanger werden sollte, trotz dieser schrecklichen Hormontabletten, von denen mir jeden Morgen übel wird!?“

Das Zimmer scheint sich kurz um mich zu drehen, aber das ist sicherlich meiner Müdigkeit und dem Wein geschuldet. Ich hätte zuhause bleiben sollen.

Aber ich höre mich sagen: „Wolfgang möchte eben ein Kind der Liebe.“ Diese Worte bleiben im Zimmer hängen wie zäher Nebel. Ruth antwortet nie auf solche nichtssagenden Gemeinplätze.

Ursula kommt herein und bietet uns warmes, duftendes Gebäck an. Mir schneidet alles ins Fleisch, was mich an Kindheit erinnert. Dazu gehören die Gerüche um die Weihnachtszeit, dazu gehört der brennende Weihnachtsbaum am nächsten Abend, die von Marlene vorgelesene Weihnachtsgeschichte, ihr Vater wünschte sich das, er liebt Rituale.

In neunzehn Jahren wäre mein Kind so alt wie Marlene. Aber ob es einen Vater gäbe, der sich die Weihnachtsgeschichte wünscht, bleibt für immer unbeantwortet.

Emil sagt, er möchte alle verfügbare Zeit mit mir allein auskosten, nur mich lieben; womöglich genügt mir das nicht, denke ich, und sehe zu Wolfgang hinüber.

Zwei Tage verbringe ich dort oben im Schnee, die langen Spaziergänge mit Ruth festigen unsere junge Freundschaft. Bei der Abreise muss ich ihr versprechen, mehr über Emil und mich zu erzählen. Falls wir dann noch zusammen sind. Also falls unsere heimliche Liebschaft noch anhält. Nach allem, was geschehen ist.

Rein körperlich gehe ich wieder mit mehr Kraft ins neue Jahr. Ich darf jetzt auch wieder Sex haben, die Wunde ist verheilt, als wäre nie etwas gewesen. Aber jedes Vogelgezwitscher. Oder die auf den Frühling wartenden Knospen am Mangnolienbaum. Immer noch jedes Kinderlachen auf der Straße. Eine schwangere Patientin in meiner Praxis. Meine beiden Brüste vor dem Spiegel. Mein Unterleib vor dem Spiegel. Ein stetes Dunkel, das macht, dass ich mich vor den Farben des Lebens fürchte, vor dem Sonnenlicht; lieber ist mir die Nacht, die dunkle stille Nacht, wo alles Leben ruht.

Emil hat sich in der Schule krankschreiben lassen und befindet sich in einer psychosomatischen Klinik. Er habe eine Art Angststörung entwickelt seit ich das Kind verloren habe, meint er. Der ganze Stress um die Schwangerschaft und um die Heimlichtuereien bei sich zuhause seien ihm zuviel geworden, der fragende Blick seiner Frau kaum auszuhalten. Die Reise nach Sizilien sei ein einziges sich Sehnen nach mir gewesen. So könne es auf keinen Fall weitergehen, sagt Emil, wenn er mich abends von seiner Klinik aus anruft. Ich sage nichts, zur Zeit habe ich dazu nichts zu sagen. Hinter der Trauer um das verlorene Glück glimmt die Sehnsucht nach seiner Berührung wieder auf. Ich möchte bei ihm sein und von ihm gehalten werden.

„Bitte komm mich besuchen", sagt Emil, „Komm schnell!"

Also fahre ich schnell hin und wir spazieren Hand in Hand durch die schöne Landschaft. Wir gehören zusammen. Emil möchte nicht mehr ohne mich leben. Ich weiß noch nicht, ob ich ohne unser Kind mit Emil leben möchte und ob ich uns vergeben kann. Auch frage ich nicht, was Emil denn bereit wäre zu tun, damit sein Wunsch in Erfüllung geht.

In seinem kleinen Zimmer in der Klinik schlafen wir zum ersten Mal wieder miteinander. Emil spricht nach wie vor nicht über Verhütung. Und er fragt auch nicht, ob ich noch einmal versuchen wolle, von ihm schwanger zu werden. Wir berühren beide dieses Thema nicht. Aber ich bin mir sicher, dass wenn er mich darauf angesprochen hätte oder selbst irgendwelche Schutzmaßnahmen ergriffen hätte, unsere Beziehung in diesem Moment zu Ende gewesen wäre. Ebensowenig hätte er es zu Beginn unserer Beziehung fragen dürfen, also vor meiner Schwangerschaft. Die leiseste Andeutung einer diesbezüglichen Grenze unserer Liebe wäre immer ihr Tod gewesen.

Während wir uns sehr vorsichtig und sehr zärtlich geliebt hatten, ging mir bei meiner Heimfahrt die Frage nicht aus dem Kopf, was andrerseits gewesen wäre, wenn Emil nach den ersten Wochen unserer heimlichen Treffen plötzlich gesagt hätte, dass er sich von Herzen ein Kind von mir wünschen würde. Dabei denke ich an Ruth und was sie mir in den Bergen über Wolfgang anvertraut hat.

Hätte ich mich wie sie gefragt, ob ich ihm denn nicht genügen würde?

Meine Mutter wird also keine Großmutti werden. Wir sitzen am Kaffeetisch, haben Kuchen gegessen und ich schenke mir zwei oder drei Gläser Sekt ein. Das lockert mich und meine Zunge. Kein Wort, auch nicht von meiner Mutter, über die Sache mit der Schwangerschaft und die Ausschabung.

Ich selbst mache es zum Unaussprechlichen, zum Unantastbaren. Was natürlich bedeutet, dass die Verarbeitung des Verlustes ganz allein mir obliegt. Dafür habe ich mich nicht in eine Frau verwandelt, die, wie Mutter es ausdrückt, „Männern ein Kind anhängt."

Wir sprechen also über Unverfängliches, über die Sorge meiner Mutter, sie könne sich bei zu leichter Bekleidung eine Grippe eingefangen haben, denn heute fröstele sie und das Näschen kitzele.

Ich bin bei dir, Mutter, ich werde immer nach dir sehen und mich um dich kümmern, denn ich bin eine gute Tochter. Dein gutes Kind. Meiner Mutter genügt unsere Beziehung, so wie sie ist.

Eine Woche, bevor Emil aus der Klinik entlassen werden soll, ruft er mich abends an und teilt mir mit, dass er seiner Frau einen langen Brief geschrieben habe, in dem er ihr gesteht, dass er seine „Traumfrau" getroffen habe und sich scheiden lassen möchte. Er könne in Zukunft nicht mehr so tun, als führe er eine zufriedene Ehe. Ein Zurück in diese Ehe würde in krank machen. Weinend habe er den Brief in den Briefkasten der Klinik geworfen.

„Hast du wirklich „Traumfrau“ geschrieben?“, war das erste, was mir einfiel.

Was sieht einer, wenn er das Wort „Traumfrau“ benutzt?

Und genauso kam es: seine Frau schrieb ihm postwendend einen Brief zurück, in dem sie ihm voller Ironie zu seiner „Traumfrau“ gratulierte; und dass sie hoffe, dass er bald wieder auf den Boden der Realität zurückkomme. Nämlich dem der finanziellen Kosten im Falle einer Trennung.

Mir tut Emil leid. Sie hätte wenigstens so tun können, als wolle sie um ihn kämpfen. Aber dazu hätte sie ihn noch gern haben müssen und hätte sie ihn ehrlich geliebt, hätte Emil erst gar nichts mit mir angefangen. Doch eben diese Kälte, die Emil aus dem Antwortbrief dieser Frau entgegenschlug, gab ihm den notwendigen Mut, den eingeschlagenen Weg weiter zu gehen, ohne auch nur einen Zentimeter von seiner Entscheidung abzuweichen. Zumal er aus meinem Schweigen längst geschlossen haben musste, dass ich nicht mehr für sein Doppelleben zu haben wäre.

Meinen Teil der Kosten für unsere Beziehung habe ich mein restliches Leben abzubezahlen, die Rechnung setzt sich zusammen aus Schmerz, schlechtem Gewissen, Reue und dem nicht mehr rückgängig zu machenden Verlust unseres Kindes. Nun ist es an Emil, seinen Teil beizusteuern.

In den Augen meiner Mutter wird mein Anteil am Ende von Emils Ehe der gewichtigere sein. Die Schlange, die Nebenbuhlerin ist die Schuldige. Sie würde mir das so nie sagen, braucht sie auch gar nicht, denn eine Frau in ihrem

Alter ändert die Erklärungen und die Urteile nicht mehr, die ihr helfen, zu leben. Nicht einmal für die geliebte Tochter. „Die arme Frau…!“ war alles, was meiner Mutter zu dieser neuen Entwicklung in meinem und eben auch in ihrem Leben einfiel.

Emil zögert kein bisschen: von der Klinik aus sucht er nach einer Wohnung für sich. Er will keinen Tag mehr unter demselben Dach mit seiner Frau leben. Nicht unter den neuen Umständen. Seine Frau, so berichtet er mir, habe nun verstanden, dass es sich bei ihm keineswegs nur um eine Krise in der Lebensmitte handele, und seither streitet sie um die Aufteilung von Hab und Gut: Sie möchte von allem exakt die Hälfte. Auch den neuen Staubsauger, die Hälfte von den Bildern, die Teppiche, den Wert der Hälfte seines Autos. Ihr Hochzeitskleid und die Fotoalben soll er behalten. Ansonsten schenkt sie ihm nichts.

„Wie geht es deiner Tochter damit?“ will ich wissen.

„Ich habe es ihr erklärt, sie meinte, dass sie schon lange gemerkt habe, dass die Eltern keine Nähe zueinander hätten, dass vor allem er, der Vater, sich von der Mutter wohl immer auf Abstand gehalten gefühlt habe.“

Nett ausgedrückt, denke ich nun doch etwas zufrieden, bekomme jedoch sofort ein schlechtes Gewissen. Ich darf nichts Böses über die Frau von Emil sagen: Nicht einmal denken. Nur einen Satz würde ich ihr gerne mitgeben, von Frau zu Frau: lerne erkennen, wer du bist!

Emil lässt sich von einem Anwalt ausrechnen, wieviel in diese Scheidung kosten wird. Finanziell, meine ich. Denn außer den Tränen, die er beim Einwerfen des alles verändernden Briefes an seine Frau vergossen hat, spüre ich nichts außer seiner Entschlossenheit, diese lange und unbefriedigende Ehe endlich zu einem Ende zu bringen. Unabhängig von irgendwelchen Garantien: denn noch haben wir beide nie konkret über eine gemeinsame Zukunft gesprochen, noch könnte es sein, dass Emil alleine wird leben müssen.

Ruth will mich heute Abend besuchen. Angelika hat zwar auch angefragt, aber ein andermal. Angelika und Ruth passen nicht in denselben Abend, nicht in ein selbes Gespräch. Ich halte meine neue Freundin auf dem Laufenden: Emil hat jetzt eine eigene kleine Wohnung, er ist von der Klinik nicht mehr nach Hause zu seiner Frau heimgekehrt. Die Frau hofft endgültig nicht mehr, dass Emil zur Vernunft kommen würde, und sie hat sich entschieden, eine Ausbildung zur Physiotherapeutin zu machen, damit sie ihr eigenes Geld verdienen kann. Das ist gut, meint Ruth, die Frau beginnt endlich, ein eigenes Boot zu bauen; sie wird also nicht ertrinken, wenn Emil sie verläßt.

Wieso fangen manche Frauen mit dem Bau erst an, wenn sie aus dem Boot ihres Mannes geworfen wurden, will ich wissen.

Weil sie nicht unter der Abhängigkeit von ihrem Ehemann leiden, meint Ruth, sie sind im Reifegrad Kinder geblieben, welche die Hand des schützenden und nährenden Elternteils nicht loslassen möchten. Finden sie den richtigen Mann, der sich dadurch in seiner Stärke bestätigt fühlt, passen die beiden wie der Schlüssel ins Schloss. Aber nur so lange, wie sich keiner der beiden weiterentwickelt.

Braucht der eine die Schwäche des anderen nicht mehr, um sich größer zu fühlen, der andere aber verharrt in seiner abhängigen Rolle, dann leben sich die beiden irgendwann auseinander.

Was Ruth sagt, leuchtet mir ein.

„Dein Emil traut sich nun zu, sich mit einer unabhängigen Frau wie dir auseinanderzusetzen." Wie gut mir das tut.

„Und Wolfgang?" frage ich.

„Wolfgang glaubt noch, dass ein gemeinsames Kind die Krönung jeder wahren Liebe sei. Ein lebendiges Zeichen, das die geliebte Frau von allen anderen Frauen dieser Erde unterscheidet."

Das stimmt ja auch, denke ich automatisch. Mutter würde ihr ebenfalls sofort rechtgeben.

„Ich glaube, Wolfgang möchte meine Liebe zu ihm durch ein Kind hindurch spüren, er selbst spiegelt sich in diesem Kind wider, er sucht unbewusst die bedingungslose Liebe, eben die Mutterliebe." So habe ich das noch nicht betrachtet. Wie kommt Ruth mit ihren eigenen Erklärungen so gut zurecht?

Es läutet. Emil steht vor der Türe. Sofort nimmt er mich in den Arm und ich nehme ihn an der Hand und ziehe ihn herein. Er kann jetzt jederzeit zu mir kommen. Und ich kann Tag und Nacht zu ihm kommen und auch bleiben. Ruth hatte ihn „sofort ins Herz geschlossen". „Auf einen Blick", damals im Krankenzimmer, wie sie mir nach seinem kurzen Besuch mitteilte. Emil ist bei unbekannten Menschen zuerst immer ein wenig zurückhaltend, ich könnte fast sagen, etwas schüchtern. Genauso habe ich ihn auch kennengelernt und ebenfalls auf den ersten Blick lieben.

Seit nichts mehr heimlich geschehen muss, seit ich nicht mehr daran denke, schwanger werden zu wollen, bin ich viel freier. Ich erlebe jene Gefühlszustände, jene zahlreichen Höhepunkte, von denen ich glaubte, dass ich dazu nicht imstande wäre. Das ist ein großes Geschenk und ich habe es von und durch Emil erhalten.

Er ist mein Mann. Ich bin seine Frau. Seine „richtige Frau", wie er neulich sagte.

„Laß uns eine längere Reise zusammen machen in den Osterferien", schlägt Emil vor. Er möchte mit mir ein Wohnmobil mieten und mit mir durch Frankreich fahren. Das habe ich noch nie gemacht, aber ich bin sofort dabei, denn auf so kleinem Raum Tag und Nacht zusammen wird eine wichtige Erfahrung für uns beide sein. Für meine Praxis werde ich eine Vertretung finden. Emil und ich, wir beide, sind zur Zeit das Wichtigste.

Während wir also drei Wochen auf kleinstem Raum unsere Beziehung auf die Probe stellen, entpuppt sich dieser Test als die schönste Zeit unseres bisherigen Lebens: weit weg von meiner Mutter, weg von Emils Noch-Ehefrau, unbelastet von Heimlichtuerei, vom Kinderkriegenwollen- und nicht mehr wollen. Wir gehören zusammen, wir werden zusammen durch den Rest unseres Lebens gehen.

Kein Wort über den Verlust unseres Kindes. Ich wehre jeden Versuch von Emil, mich zu trösten, ab. Aber er versucht es so gut wie nie. Er weiß auch nicht, dass ich nach vielen Jahren wieder angefangen habe, die Pille zu nehmen. Er fragt nicht.

So zieht der Frühling übers Land. Draußen in der Natur erwacht alles zu neuem Leben, mit Macht drängen die Osterglocken aus dem noch harten Boden; wenn die Sonne scheint, wird die Wiese vor meinem Fenster zu einem Blumenteppich. Mir tut diese Verwandlung hin zum Wachstum immer noch weh, selbst der zarte Anflug von Grün an den Ästen zeigt mit dem Finger auf mich: Du hast kein Leben geschenkt. Nur den Tod.

Das habe ich mir angetan.

Ein knappes Jahr ist vergangen und Emil ist jetzt offiziell geschieden. Er hat sein halbes Vermögen verloren, die Hälfte seines ersparten Geldes und die Hälfte seiner Wohnung. Seine Tochter ist nicht böse auf ihn, nur auf mich, aber sie hält sich zurück mit offenen Anklagen. Später, wenn sie selbst einmal verheiratet sein wird, wird sie alles besser verstehen.

Emil ist zu mir in meine Wohnung gezogen, wofür sollte er woanders Miete bezahlen und Platz habe ich genug. Ich habe in jedem meiner Schränke eine Hälfte frei gemacht, das Bett in meinem Schlafzimmer ist groß genug, wir brauchen kein neues.

Mir hätte unsere Beziehung in alle Zukunft genügt, so wie sie ist. Wir unternehmen sehr schöne Reisen zusammen. Manchmal nehmen wir meine Mutter mit in ein fernes Land und Emil kümmert sich sehr nett um sie. Mutter hat sich angefreundet mit Emil, wenn sie auch manchmal noch hinter seinem Rücken anmerkt, dass er auf meine Kosten lebe. Weil ich mehr als Emil verdiene.

Mir macht das nichts aus. Denn ich glaube wirklich, dass Emil glücklich mit mir ist. Ich lerne, dies anzunehmen.

Es war an einem verlängerten Wochenende, das wir zusammen in Florenz verbrachten, als Emil mir einen Heiratsantrag machte. Er fragte nicht, ob ich ihn heiraten wolle, sondern er sagte, dass er mit mir verheiratet sein möchte. Vor Gott und der Welt. Mit seiner richtigen Frau.

Jetzt planen wir ein schönes Hochzeitsfest. Natürlich sind Ruth und ihr Mann eingeladen, natürlich Angelika, die beiden sind mir von allen die Wichtigsten. Und natürlich meine Mutter. Emil hat keine Eltern mehr. Aber seine Tochter ist herzlich willkommen, sie möchte ihren Freund mitbringen, mir ist es recht.

Mutti sucht mit mir ein schönes Kleid aus. Nicht weiß, keinen Schleier, sage ich, was Mutti etwas enttäuscht.

„Ich bin eine Mutter, die ihr Kind verloren hat, keine junge Braut", entschlüpft mir dann doch. Es wird ein hellblaues Kleid.

Emil schenkt mir einen Ring mit Saphiren und ich schenke ihm eine goldene Uhr, denn er möchte keinen Ehering tragen. Er wisse, dass wir zusammen gehören, das genüge ihm.

Nach der Trauung gratulieren uns die Gäste vor der Kirche, wir haben kleine Tische aufbauen lassen, daran nehmen wir den Aperitif.

Es ist ein herrlicher Spätherbsttag, selbst meine Mutter scheint zufrieden und schenkt mir – für alle sichtbar –

einen ihrer schönsten Brilliantringe: Vater hatte ihn ihr einst an einem Muttertag geschenkt.

Als Ruth an der Reihe ist, mir zu gratulieren und alles Gute zu wünschen, nimmt sie mich an der Hand und führt mich an eine ruhige Stelle, weg von den anderen. Sie nimmt mich fest in den Arm, schaut mir in die Augen und sagt:

„Das war damals keine Ausschabung, nicht wahr!?“

Ruth ist meine Freundin. Auf diese Frage erwartet sie keine Antwort und eng umschlungen kehren wir zu den Gästen zurück.

Emil und meine Mutter sehen froh aus. Das macht mich glücklich.

Abbildungsnachweis: Jumping through ein hoop © iStock/retrorocket

Bibliografische Information der Deutschen Nationalbibliothek
Die Deutsche Nationalbibliothek verzeichnet diese Publikation in der Deutschen Nationalbibliografie; detaillierte bibliografische Daten sind im Internet über http://dnb.dnb.de abrufbar.

Dischingerweg 5 · D-72070 Tübingen

Internet: www.kloepfer-narr.de
eMail: info@kloepfer-narr.de

CPI books GmbH, Leck

ISBN 978-3-7496-1027-3 (Print)
ISBN 978-3-7496-6027-8 (ePub)